Angelika Waldis

Aufräumen

Roman

Atlantis

Die Originalausgabe erschien 2013 im Europa Verlag, Zürich.

in der Kampa Verlag AG,
Hegibachstrasse 2, CH-8032 Zürich
info@atlantisverlag.ch
www.atlantisliteratur.ch
GPSR-Kontakt: Schöffling & Co. Verlagsbuchhandlung GmbH,
Kaiserstraße 79, D-60329 Frankfurt am Main
info@schoeffling.de

Lektorat: Heiko Arntz
Covergestaltung: Lara Flues
Covermotiv: © Davide Abbati
Satz: Herr K | Jan Kermes
Gesetzt aus der Stempel Garamond LT / 1. Auflage 2025
Druck und Bindung: GGP Media GmbH, Pößneck
Auch als E-Book erhältlich
ISBN 978 3 7152 5808 9

Einmal mehr für Otmar

I

Ja nicht auffallen

Luisa hat beschlossen aufzuräumen. Als Erstes muss Alfred weg.

Seit beinah vierzig Jahren ist sie mit Alfred verheiratet. Alfred ist ein Egosaurier. Er hat vor allem an sich gedacht und tut es immer noch. Die Tatsache, dass Luisa und zwei Töchter an seiner Seite lebten, war für ihn etwa so maßgebend wie der Terminkalender der Müllabfuhr. »Ich bin halt ein Künstler«, sagte er. »Er ist halt ein Künstler«, sagte Luisa. Sie sagte es jahrelang – und wusste, dass er keiner war.

Sie sitzt im Zug nach Wien und blättert im Reiseführer. Der ist schon längst nicht mehr aktuell, aber das macht nichts. Noch nie ist sie in Wien gewesen. »Jetzt bin ich siebzig und noch nie in Wien gewesen«, hat sie zur Coiffeuse gesagt. »Jetzt will ich mir das mal leisten, ohne Grund. Machen Sie mich schön, los.« »Sind Sie sicher, Frau Gallmann?«, fragte die Coiffeuse. »Zwei Zentimeter kurz?« »Sicher, schneiden Sie.« Und die Coiffeuse schnitt, schnitt die seit Jahrzehnten ewig gleichen Lockenbüschel ab.

Und jetzt sieht Luisa im spiegelnden Zugfenster ihren neuen Kopf. Jünger schaut sie aus mit dem grauen Kurzhaar. Fast wie ein Mann schaut sie aus. Hinter ihrem Kopf fliegen Felder und Wälder durch den Sommerabend, leuchten ein paar Pinselstriche Abendrot, schön.

Bereits nach kurzer Fahrt kommt der Schaffner. Er registriert ihr elektronisches Ticket. Einmal Wien und zurück. »Schönen Abend noch, Madam.« Sorgfältig steckt sie das Ticket wieder ein, es wird der Beweis sein, dass sie nach Wien gefahren ist.

Das klappt ja besser als erhofft, denkt Luisa. Bereits in Sargans kann sie aus- und umsteigen und nach Zürich zurückfahren, rechtzeitig für den frühen Nachtzug nach Mailand. Von Buchs, Feldkirch oder Innsbruck aus wär's komplizierter gewesen. Sie hat die Fahrpläne genau studiert. Aber eigentlich hat sie keine Eile. Sie ist für volle zehn Tage abgemeldet. Sie hat genügend Zeit, ganze Arbeit zu leisten.

Das Schwierigste an der Arbeit wird sein, nicht aufzufallen. Niemand soll sich an sie erinnern, auch der Herr nicht, der ihr gegenübersitzt. Er sieht nicht unsympathisch aus, der alte Knacker, er liest im *Steppenwolf*, Luisa hat es gleich gesehen, sie hat eine gute Rundumsicht, wie ein Hase, sieht auch ein bisschen wie ein Hase aus mit den weit auseinanderliegenden Augen. Zu einem anderen Zeitpunkt hätte sie mit dem alten Knacker vielleicht ein Gespräch angefangen. Aber jetzt will sie nicht auf sich aufmerksam machen, will still und unscheinbar in ihrer Verkleidung verharren: graue Regenjacke, extra fades lavendelblaues Shirt, graue Altfrauenhose, scheußliches senfgelbes Foulard mit Hufeisenmuster. So stellt sie sich eine Nonne auf Urlaub vor. Ihre schönen Sachen hat sie im Koffer. Knallblau, Eierschale, Seidenglanz. Den Tropenvogelhut. Die Eidechsenschuhe.

Alfred, Arschfred. Ein Glück, dass sie ihre Ausbildung schon abgeschlossen hatte, als sie Alfred kennenlernte. So war sie in der Lage, über alle die Jahre für den Unterhalt der Familie aufzukommen, Luisa Gallmann, geborene Racher, Hauswirtschaftslehrerin, Dozentin an der Pflegefachschule. Sie vergisst sie nicht, diese Müdigkeit, aus der sie sich täglich herausstrampeln musste. Die Todesmüdigkeit.

In Sargans wird sie auf dem Bahnsteig von einem jungen Hündchen stürmisch begrüßt, es wedelt mit allen Körperteilen. Am anderen Ende der Leine zieht ein junger Mann, auch an ihm scheint alles zu schlenkern. Dass man so jung sein kann, denkt Luisa beinahe verwundert und krault dem Hündchen die Ohren. Du sollst dich nicht an mich erinnern, hörst du, Hundekind. Ich will hier nicht gesehen werden. Ich fahre nach Mailand, und das weiß niemand. Ich werde in einem Hotel übernachten, in dem ich noch nie war. Ich werde morgen nach Genua weiterreisen, dort sitzt Alfred und zeichnet an seinem Epos. So nennt er das.

Luisa findet im Zug nach Zürich ein leeres Abteil, sie hat Hunger und wünscht sich ein Schinkenbrot, so ein weiches, ungesundes. Der Walensee glänzt schwarz, sieht aus wie nasser Asphalt. Sie weiß, dass er unheimlich tief ist, er wäre ein wunderbares Grab für die drei, die sie entsorgen will. Alfred, Roman und Doktor Hausammann. Dass es lauter Männer sind, ist Zufall. Es sind einfach drei, die ihr, Luisas, Leben verwüsten, das ist alles. Sie müssen weg. Erst wenn sie weg sind, wird sie Ruhe haben.

Sie hat ihrer Nachbarin Magi geholfen, vor dem Umzug ins Altersheim die Wohnung zu räumen. Es war furchtbar mit Magi, sie wollte sich von gar nichts trennen. Was Luisa in die Säcke fürs Brockenhaus legte, holte Magi wieder heraus. Eine Vogeluhr, die zu den falschen Zeiten pfiff, Wander-, Bade-, Stepptanzschuhe, Reiseführer für Lappland und Namibia. »Ich ziehe ins Altersheim, nicht ins Grab«, sagte Magi wütend. Sie sortierte stundenlang ihre Bücher, und zum Schluss standen fast alle wieder im Regal. »So geht das nicht«, sagte Luisa, »man muss sich trennen können. Du meinst doch nicht, du wirst mit deinen geschwollenen Füßen noch Stepptanz machen wollen.« »Und du meinst doch nicht«, entgegnete Magi, »du wirst mir mit deinem geschwollenen Gerede das Leben verleiden. Schau dich in deinem eigenen Leben um. Müsstest du nicht mal aufräumen?«

Das war der Moment, als Luisa beschloss, mit dem Aufräumen anzufangen.

Sie nimmt eine Zeitung vom Nebensitz, sie heißt *Rheintaler Bote*, und macht sich auf die Suche nach einem Satz. Seit Langem sammelt sie Sätze, die irgendwie schief sind, und notiert sie untereinander in einem kleinen roten Heft. Das Heft hat sie immer dabei, auch jetzt. Sollte sie unter den Zug geraten, und jemand würde dann die Handtasche der armen Verunglückten untersuchen, wären die Sätze ein wundersames Rätsel für die Nachwelt oder einfach die unbrauchbare Hinterlassenschaft einer alten Schrulle. Im Heft stehen Sätze wie:

Ich stehe nur auf Siamkatzen, sagte Frau Füglistaller.

Die Volkspartei lässt die Gebärenden auf der Straße stehen.

Und dann machten sie auch noch den Neckar.

Wenn sie die Sätze liest, liebt sie das Leben, weil es so ungewollt seltsam ist. Streichle mich, sagt das Leben, und liegt vor ihr wie ein zuckender Hund mit zu vielen Füßen.

Der *Rheintaler Bote* gibt nichts her.

Die Churfirsten auf der anderen Seite des Walensees sind im Abendlicht errötet, was aussieht, als drängten sie sich schamhaft aneinander. Luisa sieht Amden, das einzige Dorf am Hang, und sie versucht angestrengt, nicht an Roman zu denken, Romans Mutter kommt aus Amden, macht ein großes Geschrei draus: »Wir haben eben Bergblut.«

Romans Bergblut, so ein Kitsch. Seine ungeheure Schwermut soll damit erklärt sein, seine leidenschaftliche Natur, was für ein Stuss. Luisa hat ihren Schwiegersohn durchschaut. Er steigt anderen Frauen nach, das ist mit leidenschaftlicher Natur gemeint. Und zu Hause hockt er schweigend vor dem Fernseher und ist zu träge, Mirjam zu antworten. Das ist mit ungeheurer Schwermut gemeint. Luisa kann ihn nur noch still und leise hassen. Er hat mit seinem verdammten Bergblut dafür gesorgt, dass Mirjam jede Fröhlichkeit verloren hat. Sie hat sich in den zehn Ehejahren völlig verändert. Früher hat sie im Bad gesungen, hat in der Küche getanzt, hat sich im größten Durcheinander wohlgefühlt. Jetzt hat sie diesen besorgten, gehetzten Blick, und sie räumt dauernd auf. Wenn sie bei Luisa vorbeischaut, fängt sie sofort an, aufzuheben, was am Boden liegt, und wenn es nur ein heller Faden auf dem dunklen Teppich ist. Sie bleibt nie ein Weilchen sitzen, sondern steht auf, kaum ist die Teetasse leer, und rückt Dinge zurecht, zupft an den Vorhängen, stellt Schuhe präziser in die Reihe. Wie gern hat sie früher gelacht. Wie ein Riesenrülpser kam das Lachen aus der Tiefe und hopste in alle Richtungen. Jetzt ist ihr Lachen nur noch ein höfliches Geräusch. Es wäre höchste Zeit, dass sie sich trennte von Roman. Aber davon will Mirjam nichts wissen. Das wäre eine Niederlage. Mirjam will Siege.

Es liegt an mir, Roman zu entfernen, denkt Luisa. Es hat immer an mir gelegen, die unangenehmen Dinge zu erledigen. Ich weiß nur nicht, wie ich das diesmal anstellen soll. Noch nicht.

Bereits jetzt hat sie einen Fehler gemacht. Sie hätte in Sargans ein Ticket nach Zürich lösen müssen. Es ist ihr nicht eingefallen, sie hat zu lange mit dem jungen Hund geschäkert. Was macht sie jetzt, wenn der Schaffner kommt? Sie wollte doch ja nicht auffallen. Unruhig blickt sie über die Schulter, wenn sie die Tür hört. Zur Rechten liegt jetzt der Zürichsee, der weite, sanfte, wie sie ihn liebt, aber für beschauliche Blicke hat sie nun keine Muße mehr, sie wartet nur noch auf den Schaffner. Sollte er in den nächsten Wochen ihr Bild in der Zeitung sehen, wird er sich wahrscheinlich an sie erinnern. Im Mordfall Gallmann wird die Ehefrau verdächtigt. Da schau, das ist doch die süßsaure Alte, die keine Fahrkarte hatte, ganz rot geworden ist die. Luisa sitzt aufrecht da, das Portemonnaie in den Händen, horcht auf das Schnauben der Tür. Schon ist in der Ferne der Rücken des Pfannenstiels zu sehen, an seinem Saum die Dörfer der Goldküste im Abendgoldstaub, da taucht der Schaffner auf und ist auch schon vorbei, er hat Luisa nicht mal angesehen.

Es ist 18:48 Uhr, als der Zug in Zürich einfährt.

Sie hat zwanzig Minuten. Das reicht für den Kauf von Ticket und Zeitungen. Doch dann stolpert dieser Tölpel über ihren Koffer, bleibt am Boden sitzen und schaut verwundert zu ihr hoch. Eine Flasche in seiner Papiertüte ist zerbrochen, rote Flüssigkeit rinnt gegen ihre Schuhe. Seltsamerweise steht der Mann nicht wieder auf. Vielleicht bedeutet die Verwunderung in seinem Gesicht, dass ihm etwas wehtut. Das hat ihr gerade noch gefehlt. Sie kann nichts dafür, sie hat ihren Koffer ganz ordentlich hinter sich hergezogen. Inzwischen sind bereits drei Leute stehen geblieben und blicken Luisa fragend an. Was haben Sie mit dem Mann gemacht? Was ist das rote Nasse da am Boden? Endlich zieht sich der Mann an Luisas Koffer hoch, bückt sich, reibt sein Knie, seine Wade, ein junger Kerl, ein tätowierter Tölpel. Sie weiß nicht, ob der säuerliche Geruch aus seinem Mund oder von der Lache am Boden kommt. Als er davonhinkt, rennt sie zum Fahrkartenschalter, sie merkt, dass sie zittert. Und sie schwitzt in ihrer Regenjacke, die Bahnhofshalle wirkt wie geheizt.

Wieder findet sie ein freies Abteil, belegt die drei leeren Sitze mit Regenjacke und Zeitungen und räumt sie erst weg, als der Zug durch Zürich-Enge fährt. Hier hat sie einmal gewohnt, aber daran mag sie nun nicht denken. Sie lässt sich ins Polster sinken und prüft, ob die feuchtgeschwitzten Achseln des leidigen Lavendelshirts zu riechen sind. Jetzt hat sie eine Weile Ruhe, sie wird im Speisewagen gepflegt zu Abend essen und sich die Zeitungen vornehmen, auf der Suche nach dem einen oder anderen Satz.

Sechs Jahre wohnte sie mit Alfred in Zürich-Enge, ein bisschen Stuck an der Decke, ein bisschen Sicht auf den See, ein bisschen Enttäuschung bald nach der Hochzeit. Alfred, der Luisa unten am See angesprochen hatte, wo sie beide zuschauten, wie die Seepolizei einen Schwan von einem Angelhaken zu befreien versuchte, dieser Alfred wurde als Ehemann schon bald unfreundlich, und er schien das nicht einmal zu merken. Oft stand Luisa in der kleinen Wohnung am Fenster, blickte auf das bisschen See und fragte sich, warum sie sich von Alfred so hatte bezaubern lassen. »Stellen Sie sich vor«, sagte er, »Sie seien ein Schwan, und ich sei der, der die Angel auswirft.« Sie lachte. »Ich, ein Schwan«, sagte sie, worauf er mit größter Leichtigkeit passende Komplimente aus der Luft holte: königliche Haltung, vornehmes Weiß von Hals und Gesicht, Haar voller Glanz wie Gefieder. Sie lachte, es gefiel ihr. Was sie selber jeweils im Spiegel sah, war nichts Weißes, sondern etwas Bleiches, und ihr Haar glänzte nur gerade am Tag der Haarwäsche, dann wurde es stumpf.

Als der befreite Schwan davonschwamm, hatte Alfred Luisa gefangen.

Sie weiß, wie sie es machen wird, hat lange im Internet recherchiert, hat sich das holländische Handbuch zum Suizid besorgt. Sie hat alles Nötige im Koffer, der Koffer ist tödlich, vielleicht ist der Mann in der Bahnhofshalle deswegen darüber gestolpert. In Genua wird sie ein teuflisch scharfes Vindaloo-Curry kochen, so wie Alfred es liebt, zur Feier des Tages. Wenn er wissen will, was gefeiert wird, wird sie sagen: das Leben. Das Curry wird so scharf sein, dass Alfred nichts von der chemischen Beigabe spüren wird. Für sich wird sie während des Kochens eine Extraportion abzweigen, noch bevor sie die selbst gemachte Vindaloo-Paste zugibt. »Ich darf eine Weile nichts Scharfes essen, meine Magenschleimhaut«, wird sie zu Alfred sagen. Auch für das Curry hat sie das Wichtigste im Koffer, Chili, Zitronengras, Vindaloo-Paste, eine Dose Austernpilze. Sie ist gut vorbereitet, sie hat das Vorbereiten gelernt, spätestens als die Kinder kamen, erst Maya, dann Mirjam. Und nach Mayas Unglück erst recht.

Wieder sieht sie – jetzt in umgekehrter Fahrtrichtung – auf der anderen Seite des Sees den Pfannenstiel. Hügel, Himmel und See sind nun aus drei verschieden blauen Stoffen geschnitten und mit dunklen Nähten verbunden. Auf das Leben, wird sie sagen bei Alfred am Tisch. Auf das verweinte, verpfuschte, verlorene Leben. Sie hält sich die Lesebrille, von der ein Bügel abgebrochen ist, wie ein Lorgnon vor die Augen und liest den Flyer des Speisewagens. Heute Abend gibt es paniertes

Schweinsschnitzel mit Bratkartoffeln und Blumenkohl an Béchamel oder Salatteller mit Ei. Sie wird das Schnitzel essen, danach noch Tiramisu, wenn's sein muss, samt Salmonellen. Seit sie alleine lebt, isst sie am liebsten ungesund. Über dreißig Jahre lang war sie Fachfrau für Ernährungskunde, so hat sie ihre Familie ernährt, jetzt will sie von Ernährung nichts mehr hören. Sie isst unbesehen Fettes, Süßes, Übersalzenes, verschlingt alles aus Teig, schmiert überall Butter drauf oder chemisch aromatisierte Streichpaste, schlägt sich den Bauch übervoll oder vergisst ganz und gar zu essen. Wenn ihre Nachbarin Magi ihr besorgt einen Apfel reicht, lacht sie nur und isst ihn dann mit angespanntem Mund. Ich bin ein Ross, denkt sie, ich werde nicht krank, ich habe alles überstanden, alles für alle durchgezogen, und was mich schmerzt, sieht man mir nicht an.

Als der Zug durch Horgen fährt, schließt sie die Augen. Sie mag das Dorf nicht mehr sehen. Einmal hat sie sich aufgemacht und das Haus von Doktor Hausammann unten am See gesucht, hat davorgestanden und durch den Zaun gespäht, hat die gelben Jalousien, die runden Buchsbäume und die Sonnenuhr im Rasen registriert, wollte wissen, wie der Hausammann lebt und wo er seine Schuld begraben hat. Er hat mit seinem Pfusch meine wunderbare Maya zerstört, hatte sie gedacht, und was tut er, er wohnt, schläft und scheißt in einem Haus mit gelben Jalousien und runden Buchsbäumen, als ob nichts gewesen wäre. Als sich hinter einem Fenster etwas rührte, ging sie nicht weg, sondern starrte weiterhin über den Zaun, es war ihr recht, wenn sie von Hausammann gesehen wurde, oder von seiner Frau oder von seinen Söhnen. Sie wusste, dass er Söhne hatte, gesunde Söhne. Sie blieb stehen, bis sie jemanden im Hause lachen hörte, dann lief sie weinend zum Bahnhof hoch.

Luisa rechnet: Das ist nun achtundzwanzig Jahre her. Und der Hausammann ist achtundzwanzig Jahre älter. Ich muss ihn entsorgen, solange er noch munter ist, denkt Luisa. Aber eins nach dem andern.

Als der Zug den dunkelgrünen Urnersee entlangfährt, setzt sich Luisa aufrecht hin und späht hinaus. Irgendwo dort drüben gibt es einen Strand, wo vor sechzig Jahren ein Schild stand: »Baden verboten«. Hier sei es schön, sagte ihr Vater und zog hinter einem Baum die Badehose an. Dann suchte sich auch Mutter einen Baum, und Vater sagte zu Luisa: »Los, mach.« Sie fror, weil das Baden verboten war und das Wasser kalt, wenn auch schön grün. Die Fahrräder, an der Verbotstafel aneinandergelehnt, glänzten in der Sonne, Mutter sah einen Fischreiher, während sie auf dem Rücken schwamm. Und irgendwo dort drüben gibt es eine Kapelle, wo vor sechzig Jahren die Tür verschlossen war, doch Vater fand einen Hintereingang und kletterte über das Gitter, das den Aufstieg zur Empore versperrte. Oben setzte er sich ans Harmonium und spielte »Näher mein Gott zu dir«, und wieder fror Luisa, weil sie Unerlaubtes nicht mochte, auch wenn es schön traurig klang und ihre Mutter dazu summte. Inzwischen hat sie keine Scheu mehr vor Verboten. Sie fürchtet keine Strafe mehr. Was man für richtig hält, findet sie, soll man tun, und es ist nichts Böses dran, wenn man es heimlich tut.

Niemandem hat sie gesagt, dass sie nach Genua fährt. Mirjam und Magi glauben, sie fahre nach Wien.

Und Maya weiß nichts, weil sie nicht weiß, was Wien ist oder Genua.

Vom Abteil schräg vorne hört sie ein Gespräch, die Frau redet quäkend und unangenehm deutlich, vom Mann vernimmt man nur tiefe vibrierende Töne. Sie sagt etwas von einer unpassenden Strumpfhose und von auffälligen Briefkästen. Er streicht dann ein paarmal über seinen Bass. Jung sind sie beide vermutlich nicht. Luisa wundert sich immer wieder, warum ein Mann und eine Frau zusammenbleiben, die gar nicht zusammenpassen, nicht mal für die Länge einer Bahnfahrt. Sie versucht sich vorzustellen, wie sich die beiden da vorne umarmen, eine Tröte und eine Bassgeige, das geht doch gar nicht. Und doch, überall, wo sie hinschaut, sieht sie Paare, seltsame Doppelwesen, die aus irgendeinem Grund aneinanderhaften, mit einem Klebstoff, der schon längst vertrocknet oder verdunstet ist. Wenn sie Menschen erfinden müsste, würde sie von vornherein auf Geschlechter verzichten, auf die ganze Mühsal gegenseitiger Anziehung und auf den lächerlichen Akt der Paarung. Das ist alles sehr schlecht durchdacht, findet Luisa, die Fortpflanzung mit den Milliarden verschleuderten Spermien und mit der knorzigen Gebärerei. Viel besser als Paare wären flinke, unbelastete Individuen, mit einem klaren Blick nach vorne statt nach links und rechts. Gefühle wie Liebe wären weiterhin erwünscht, aber beschränkt, zum Beispiel auf Kinder, die man nach dreimonatiger Brutzeit von der Schulter pflücken könnte.

Die Tröte schräg vorne scheint ihren Reisepass vergessen zu haben. »Warum hast du mich nicht daran erinnert«, sagt sie, und der Bass streicht wieder ein paarmal über die Saiten.

Luisa wühlt in der Handtasche, sie hat ihren Pass dabei. Gallmann-Racher, Luisa Frederike, Größe: 166 Zentimeter. In alten Pässen stand jeweils noch die Augenfarbe. Graublau. Graublau ist Durchschnitt, hat Alfred gesagt. Noch heute wird sie in Italien sein und morgen in Genua. Und dann wird gekocht.

2

Mit zugehaltener Nase und Seele

Luisa war neunundzwanzig, als sie merkte, dass sie schwanger war. Sie kotzte sich krank. Damals arbeitete sie in verschiedenen städtischen Schulhäusern, als Ernährungsexpertin im hauswirtschaftlichen Unterricht. Sie lernte eine Schultoilette um die andere kennen, es roch in allen ähnlich, nicht schlecht, nach Scheuermittel, Fichtennadel und nassem Tuch. Sie kotzte in Waschbecken, WC-Schüsseln oder Putzeimer, wischte sich den Mund und trat lächelnd wieder vor die Klasse. »Sie sollten sich besser ernähren, Frau Ernährungsexpertin«, sagte ein Lehrer, der sie in der Toilette hatte würgen hören.

Auch Alfred machte sich lustig. Er werde ihr zum Abendessen Blut- und Leberwurst auftischen, sagte er, wenn er sie bleich im Badezimmerspiegel sah. Oder kalte Kuttelsuppe. Oder sauren Hering mit Spiegelei. Sie sagte ihm lange nichts. Zwar hatte er nie etwas geäußert, das gegen Kinder sprach, aber sie wusste nicht, ob er sie tatsächlich liebte oder ob er sie einfach nur komfortabel fand. 1968 hatten sie ganz konventionell geheiratet, vom Achtundsechziger-Aufbruch hatten sie beide kaum etwas mitbekommen. Erst später behauptete Alfred, er sei damals ein leibhaftiger Rebell gewesen. Als sie die Hose nur noch mit einem Stück Schnur zwischen Knopf und Knopfloch zumachen konnte, musste sie ihn informieren. »Ich bekomme ein Kind«, sagte sie. »Und ich einen Furunkel«, sagte er.

Alfred tat so, als ob er alles Bürgerliche nur mit Mundschutz ertrage. Er hatte ein Kunstgeschichtsstudium nach einem Semester abgebrochen, war herumgereist und als Künstler nach Zürich zurückgekommen. Er legte sich einen düsteren Stil zu, lernte lithografieren und brauchte das Geld seines Vaters auf. Als Luisa ihn kennenlernte, hatte er eine Teilzeitstelle in der Stadtverwaltung. An zwei Tagen in der Woche führte er das Inventar der Bildersammlung. Er registrierte auf Karteikarten, was die Stadt seit Jahrzehnten an Grafiken und Gemälden aufgekauft hatte und nun als Schmuck in Amtshäusern, Polizeiwachen oder Spitälern hing. Ein Büroangestellter der unteren Hierarchiestufen durfte sich im Lager eine nummerierte Grafik aussuchen. Höhergestellte hatten Anrecht auf ein Originalwerk. Wenn jemand auf- oder abstieg, wegzog oder starb, kam das Bild ins Lager zurück, und Alfred war verantwortlich für die Standortkontrolle. Manchmal machte er sich vor Luisa lustig über die Qualität der Bilder oder über den Geschmack der städtischen Angestellten. Aber zu anderen Leuten sagte er nichts von dieser Arbeit. Man sollte ihn als Künstler sehen. Wenn er sagte: »Ich mach das nicht mehr lange«, glaubte Luisa ihm nicht, denn sie merkte, dass er an den »städtischen« Tagen viel besserer Laune war.

Es war Alfred, der für das Kind den Namen Maya vorschlug. Auf einer Mexiko-Reise hatte er sich Bewunderung für die alten Mayas angeeignet und hatte von dort eine handgewobene Decke mitgebracht. Er legte die neugeborene Maya für ein Foto auf die Maya-Decke, drückte aber gar nicht erst ab, da sich ihre rosa Strampelhose nicht mit dem schwarz-roten indianischen Design vertrüg. Wäre Maya ein Junge gewesen, hätte er Narvik heißen sollen, weil Alfred auf seiner Reise ans Nordkap in Narvik übernachtet hatte. Er sprach mit schwärmender Wehmut von Narvik, Luisa vermutete, dass er dort eine Frau geliebt und von ihr zum Andenken den Tupilak erhalten hatte, den kleinen Dämon aus Rentierhorn auf dem Küchenregal.

Maya war ein Schreikind, das trieb Alfred aus dem Haus. Er mietete sich eine Mansarde in der Nachbarschaft, um dort in Ruhe zu zeichnen. Luisa sah selten Licht im Mansardenfenster, sie wusste, dass Alfred seine Abende vorwiegend in der Quartierbeiz verbrachte und dort mit anderen Männern das Leben vertiefte. »Du kannst das Leben nicht verlängern«, sagte er, »aber vertiefen.« Er hatte die Gabe, aus seinen Sätzen Sentenzen zu machen. Wenn er zu Maya sagte, sie solle ihr Mus essen, klang das wie Salomons Wort. Iss Mus, meine Tochter, denn es ist gut. Oder wenn Luisa ihn bat, den Duschvorhang zu flicken, sagte er etwas von der Freiheit des Wassers.

In den Anfängen übernahm Alfred als Familienvater einige Pflichten und kam ihnen leidlich nach. Er brachte Maya in die Krippe, räumte den Frühstückstisch auf, bündelte die Zeitungen, putzte die Toilette. Was er ungefragt und regelmäßig erledigte, war der Geschlechtsverkehr. Er übte ihn stets in den frühen Morgenstunden aus, in noch winterlicher Dunkelheit oder beim ersten Vogelgezwitscher. Er ließ sich durch nichts davon abbringen, auch nicht durch Maya, die manchmal während des ganzen Manövers schrie. Und Luisa tat, was er wollte, mal gern, mal weniger gern. Und immer öfter mit zugehaltener Nase und Seele.

Alfred mochte Maya so leidlich, schien es Luisa, mehr nicht. Vielleicht war er insgeheim enttäuscht, dass aus ihr keine schwarzlockige Maya-Prinzessin wurde. Sie hatte spärliches dunkelblondes Haar, wasserhelle, leicht vorstehende Augen und dicke rosarote Bäckchen. Als sie etwa zwei Jahre alt war, machte Alfred eine Zeichnung von ihr, darauf sah sie aus wie ein verängstigter Frosch in etwas Gestricktem. Die Zeichnung hing lange im Wohnzimmer, mit Alfreds schmissiger Signatur.

In jenen Jahren wurde Luisa schön. Mayas Geburt veränderte ihren Körper, die Hormone spielten was Neues. Luisa sah verwundert, dass ihr Haar glänzte und ihre Haut schimmerte. Weil sie dauernd rannte und hetzte, wurde sie schlank, sie passte in Kleider, die sie sich vorher nie zugetraut hatte. Und das Beste: Maya brachte sie zum Lachen, und das Lachen blieb im Gesicht wie eine Erinnerung, auch wenn sie ernst war.

Manchmal fing sie von Alfred einen prüfenden Blick auf. Ich weiß nicht, was mit dir los ist, sagte der Blick.

Manchmal übergoss er sie mit Verachtung, prügelte sie mit Sätzen wie:

Wenn du ein Buch wärst, läse man nur das oberste Blatt.

Du glaubst, Mittelmaß sei eine Tugend.
Dein Herz wird nie so voll sein, dass es überläuft.
Ich bin der einzig richtige Pfeffer für deine Fadheit.

Als Alfred ganze Nächte wegblieb, dachte sich Luisa noch nichts. Er habe so lange gearbeitet, sagte Alfred jeweils, und dann in der Mansarde geschlafen. Der vorherige Mieter hatte ihm eine Matratze voller Flecken überlassen. Luisa begriff nicht ganz, dass sich Alfred da drauflegen mochte.

Dass er sie betrog, merkte sie erst, als er anders zu riechen anfing, es war kein Parfum, der Geruch steckte in den Kleidern, ein Geruch nach Waschmittel und Bügeleisen. Um ihm nachzuspionieren, fehlte ihr die Zeit. Sie hatte ihre Arbeit in den verschiedenen Schulhäusern der Stadt wieder aufgenommen und war entweder unterwegs oder mit Maya beschäftigt. Und mit Maya auf den Schultern konnte sie schlecht Alfreds Verfolgung aufnehmen, sich hinter Autos ducken und in Hofeingängen verstecken. Sie hatte schon angefangen, sich an den Geruch zu gewöhnen, da half ihr der Zufall in Form eines Vogels. Alfred hatte sich gegen Abend aufgemacht, um in der Mansarde zu arbeiten, wie er sagte. Kaum hatte er die Wohnungstür hinter sich zugezogen, knallte ein Vogel gegen das Küchenfenster. Luisa riss es erschrocken auf und spähte nach unten, tatsächlich lag da ein lebloses Häufchen auf dem Plattenboden neben der Haustür, eine Amsel vielleicht, eine junge. Gleich würde Alfred unten ins Freie treten und sich durchs Haar fahren, und Luisa würde ihm zurufen und auf den Vogel deuten. Aber nichts geschah, niemand trat aus der Haustür. Luisa wartete eine ganze Weile, und in ihrem Kopf begann eine Rechnungsmaschine zu rattern und spuckte sehr rasch ein Resultat aus. Es lautete: Frau Wendt. Frau Wendt vom Erdgeschoss. Frau Wendt mit dem Lockenschopf, mit der Olivenhaut, mit den blitzenden Zähnen. Frau Wendt mit den rosa Nachthemden, den gepolsterten Büstenhaltern, den gemusterten Strumpfhosen, den Spitzenslips. Luisa kannte Frau Wendts ganze Lingerie von den Wäscheleinen im Keller. Frau Wendt wusch dienstags, Luisa mittwochs, und jetzt war Donnerstag, und Alfred war in Frau Wendts Wohnung verschwunden. So musste es sein. Direkt vom Treppenhaus in die große Schneise von Frau Wendts Busen. So musste es sein.

Luisa nahm Maya auf den Arm und lief herzklopfend treppab. Alles war ruhig, und der Vogel war tot. Eine Drossel war's, hell gesprenkelt, den Schnabel geöffnet. Vorbei.

Zwei Monate lang schlief Luisa auf dem Sofa im Wohnzimmer. Was los sei, wollte Alfred wissen. »Lass mich in Ruhe«, sagte Luisa dreimal hintereinander. Als er etwas von Weiberlaunen sagte, warf sie ihm eine Babyflasche an den Kopf. Darauf ließ er sie tatsächlich in Ruhe. Sie sprachen nur noch das Nötigste. Und gelacht wurde gar nicht mehr. Einmal brachen beide gleichzeitig in Lachen aus, weil Maya die Pyjamahose über den Kopf gezogen hatte und die baumelnden Hosenbeine aussahen wie Hasenohren. Und im selben Augenblick sahen sie sich verwundert an und hörten umgehend mit Lachen auf.

Frau Wendt wurde nie erwähnt, auch nicht, als sie auszog. Nach Düsseldorf, sagte der Hauswart. Sie ging an einem Dienstag, und am Mittwoch ertastete Luisa in der Ecke ihres frisch gewaschenen Deckenbezugs ein unbekanntes feuchtes Knäulchen, es war ein in der Waschmaschine vergessener Slip von Frau Wendt.

Frau Wendt war die Erste, von der Luisa wusste. Ihr folgte im Lauf der Jahre eine ganze Reihe. Luisa hätte es wissen müssen. War sie doch selber Alfred so schnell erlegen wie diese unbekannten Frauen. Er wusste bei der ersten Begegnung die richtigen Dinge zu sagen, mit einem zärtlichen Ernst. Er löste die Frauen wie ein Kreuzworträtsel, schnell und kundig. Waagrecht, drei Buchstaben: Waldtier. Senkrecht, fünf Buchstaben: schüchtern. Das ergab Reh, scheu. Oder waagrecht, acht Buchstaben: Steinfrucht. Senkrecht, acht Buchstaben: bald faul. Das ergab Pfirsich, überreif. War das Rätsel gelöst, suhlte sich Alfred eine Weile im Erfolg, vergnügte sich mit dem scheuen Reh oder dem überreifen Pfirsich, dann fing er an, sich zu langweilen, und nahm nach einer Entlüftungspause, die ihm angemessen schien, den Frühmorgengeschlechtsverkehr mit Luisa wieder auf.

Luisa suchte sich irgendwie zu arrangieren, sie schwieg und verzieh und schwieg und verzieh. Als sie beschloss, Alfred zu verlassen, und sich nach einer anderen Wohnung umsah, brach das Unglück über Maya herein. Alfred verlassen, das ging nun nicht mehr.

Alfred sah keineswegs aus wie ein Frauenbetörer, sondern wirkte durchaus bieder, mittelbraun, mittelgroß, mittelstark. Eine Zeit lang ließ er Bart und Kopfhaar wachsen, aber es bildete sich kein imposanter Achtundsechziger-Schopf, das Haar hing dünn und schlaff. Alfred gefiel sich nicht, er ließ alles wegrasieren und legte sich als Künstlermarke die Baskenmütze zu. Alfreds Bruder, Anton, war der Hübschere, Strahlendere, er schien zufrieden mit seinem Leben, hatte Vaters Erbe in Italien angelegt und arbeitete dort als Empfangschef in einem großen Hotel. Luisa hätte sich zum Thema Treue gerne mit seiner Ehefrau unterhalten, aber es gab keine. Einmal war Anton für eine Nacht bei ihnen gewesen. Maya hatte ihm ein Glas Saft über die Hose geleert, und Anton war rasch wieder gegangen. Luisa hatte von ihm nichts über seinen Bruder erfahren und blieb ratlos zurück. Warum war Alfred wie Alfred, warum hatte Alfred in ihrem Leben überhaupt Platz genommen?

Geld, um in den Urlaub zu fahren, fehlte. Luisa floh jeweils in den Schulferien mit Maya nach Flüelen, wo sie in einer kleinen Wohnung im Dachstock von Haus Enzian unterkam. Im Enzian hatte die Schwester ihrer Mutter gewohnt, bis sie starb, an Eierstockkrebs und wohl auch an tödlicher Bedrückung. Nun lebte nur noch deren Ehemann dort, der Josef, füllte Birkentröge mit Stiefmütterchen und sich selber mit Schnaps. Im Garten stand ein Kaninchenstall, der Maya Freude machte. Zufällig kamen sie dazu, als Josef ein Kaninchen schlachtete, und Maya sagte »weh«, dann lachte sie. Das Haus Enzian lag die meiste Zeit im Schatten, Luisa schob den Kinderwagen zum See, wo es ein Stück Strand mit Sand und viel angeschwemmtem Holz gab.

Hier lernte Maya, aufzustehen und schwankend ein paar Schrittchen zu laufen. Luisa blickte über den grünen See nordwärts und gewöhnte sich an die Tatsache, dass dort, eine Zugstunde entfernt, ein Ehemann von ihr saß und irgendetwas trieb. Sie kaufte sich Schnellsuppen und Klatschhefte im Konsumverein, schlich mit einer Maya voller Mückenstiche an Josefs Tür vorbei in die Dachwohnung und machte sich daran, den Abend totzuschlagen. Einmal war Josef zu ihr hochgestiegen und hatte ihr betrunken an die Brust gefasst. Sie hatte ihn so laut angeschrien, dass Maya erschrocken in Tränen ausbrach. Nachts stellte sie sich vor, sie würde Josef die Treppe hinunterstoßen, auf dass er sich den Nacken breche, darauf würde sie das Haus Enzian erben und mit Maya dort einziehen, würde die Kaninchenkäfige öffnen und den Uri Rotstock wegsprengen lassen für ein bisschen mehr Sonne. Und wenn Maya zur Schule ginge, würde Luisa sich in ein Boot legen und sich schaukeln lassen bis zur Bewusstlosigkeit.

Als sie zum ersten Mal aus Flüelen zurückkehrte, stand ein Fernsehgerät im Wohnzimmer. Sie erschrak. Auf Alfreds »Na?« sagte sie zunächst nichts. Beklommen sah sie sich »Tagesschau« und »Tatort« an, und auf Alfreds erneutes »Na?« schlug sie vor, die Kiste in die Küche zu stellen. Das gehe nicht, sagte Alfred, in der Küche könne sie nicht empfangen. Er sagte es so ernst, als spreche er von der Jungfrau Maria und ihrer Empfängnis. Das hieß für Luisa: Sie musste für immer im Schlafzimmer schlafen und konnte nicht mehr ins Wohnzimmer aufs Sofa ausweichen, auch nicht, wenn Alfred nach einer anderen Frau roch. Die Vorstellung war furchtbar, und Luisa hasste die Kiste, war aber zu stolz, Alfred etwas davon zu sagen.

Wenn sie im Bett lag, während Alfred fernsah, lauschte sie auf Mayas Atemzüge, sie machte immer diese kleinen Geräusche beim Schlafen, eigentlich niedlich, aber irritierend. Sie hätte Mayas Bettchen gerne ins Wohnzimmer gerollt, aber das ging nun auch nicht mehr. Sie nahm sich vor, Mayas Schlafgeräusche bei der nächsten Arztkontrolle zu erwähnen, auch die einwärts gerichteten Füßchen.

Manchmal empfing Luisa die Sorgen wie Prügel.

Fürs schnelle Wohlfühlen rief sie sich ein Bild ab: Sonne auf den geschlossenen Augen, Rücken an warme Mauer gelehnt, auf dem Arm Maya, schlafend, ihr kleiner Fuß gegen Luisas Bauch gestemmt, Schatten, die übers Gesicht streifen, Schatten von Möwen, also nicht Sommer. Sonst keine weiteren Anhaltspunkte, undatiertes Kalenderbild.

Wenn sie zu ihren Unterrichtsstunden eilte, fiel ihr quälend ein, was sie zu Hause versäumt und vergessen hatte. Mayas Kleider für die Krippe hingen noch an der Wäscheleine, würde Alfred sie finden? Auch die neuen Vitamin-D-Tropfen? Und den Impfausweis? Bevor sie ein Schulzimmer betrat, schüttelte sie die Kümmernisse wie Regennässe von sich, meistens ging das, und trat als muntere Luisa vor die Klasse. Man hörte ihr gerne zu, die Schülerinnen mochten sie, die Schüler schwärmten ein bisschen. Mehr als einmal stand »Luisa« an der Wandtafel und ihre Telefonnummer. Sie hatte einen zusätzlichen Lehrauftrag angenommen, acht Stunden an der städtischen Mittelschule, sie brauchte das Geld, Alfreds mickriges Gehalt reichte nirgendwohin. In den Lehrerzimmern sah sie Männer, von denen sie dachte, das wär einer gewesen, der hätte mir gefallen, der würde zu mir passen, den nähme ich gern, aber ich habe den Alfred, und der Alfred hat mich. Sie genoss es, gut auszusehen, entsprechende Blicke zu spüren, strahlend zurückzulächeln. Kaum auf dem Heimweg, fing sie wieder an, sich zu sorgen. Manchmal rannte sie das letzte Stück zur Wohnung oder zur Krippe, ohne zwingenden Grund. Wenn sie Maya in die Arme nahm, keuchte sie noch.

Alfred hatte die Gelegenheit, im Möbelhaus Lamprecht zwei Monate lang seine Zeichnungen auszustellen. Es waren Federzeichnungen von imaginären Landschaften, sie wirkten recht dekorativ, Alfred gab den Landschaften Namen wie Lyrien oder Transalon und rahmte sie schwarz. Luisa fand die Rechnung des Rahmenmachers und erschrak. Sie war so hoch wie die Wohnungsmiete für drei Monate, aber sie sagte nichts. Sie machte Fotos von Alfred für das Ausstellungsblatt, so wie er sie wünschte: im Profil, mit hochgerecktem Kinn und Baskenmütze. Der Künstler Alfred Gallmann, stand auf dem Blatt, sieht die Welt durch sein ureigenes Kaleidoskop. Es war ein Text, an dem Alfred lange gearbeitet hatte, er klang reichlich hochtrabend und sagte wenig aus. Luisa, peinlich berührt, machte lediglich auf einen Tippfehler aufmerksam. Alfred ertrug keine Kritik. Die Ausstellung sollte an einem Samstag um elf Uhr eröffnet werden, sie verschickten drei Wochen vorher Einladungen an verschiedene Zeitungen und an rund vierzig Bekannte. Als nur gerade vier Personen erschienen, machte Alfred Luisa Vorwürfe, weil sie es gewesen war, welche die drei Wochen vorgeschlagen hatte. Das sei viel zu früh gewesen, das habe er gleich gedacht, kein Wunder, dass niemand gekommen sei, schon gar nicht von einer Zeitung. Die Zeichnungen hingen über Bettgestellen, Anrichten und Sitzgruppen und hatten eine Nummer. Nummer 18, das Land Alrubia, war am teuersten, tausenddreihundert Franken. Zwei Zeichnungen wurden angekauft, zu je zweihundertfünzig Franken, die eine vom Möbelhaus Lamprecht, die andere von Alfreds Chef bei der städtischen Bildersammlung. »Die haben ja keine Ahnung«, sagte Alfred, und Luisa wusste nicht, wen er meinte, aber sie nickte.

3

Ein unheimlicher Mensch

Gleich kommt Flüelen, Luisa stellt sich ans Fenster und späht hinaus. Sie versucht, das Haus Enzian zu sehen, wohin sie jeweils vor Alfred geflüchtet ist. Vielleicht steht es nicht mehr. Der Abend ist noch durchsichtig, erst wenige Lichter sind an. Sie kann das Dorf erkennen, die Pappeln am Seeufer, es werden nicht mehr dieselben sein wie damals. Der Zug fährt am Bahnhof vorbei. Einmal, als sie hier ausgestiegen ist, war der Regen lauter als die Kirchenglocken. Sie hat sie gehasst, diese Kirchenglocken, diese stündlichen Mahnungen, sei ein guter Mensch, Herrgott noch mal. Ja, jetzt hat sie das Haus Enzian gesehen, die verschindelte Fassade, beige wie ein Nylonstrumpf. Der Josef ist schon lange tot, das Haus ist bestimmt vergammelt, und niemand wird drin wohnen wollen. Vielleicht ein paar Gastarbeiter von der zweiten Gotthard-Röhre, vielleicht schlachten sie sonntags ein Kaninchen.

Meine Flüeler Fluchten, denkt Luisa, wie dramatisch das klingt, und wie banal das war. Im Haus Enzian hatte sie ein bisschen Pause, ein bisschen Sonne, ein bisschen Belanglosigkeit, ein bisschen Weltweh. Ein bisschen, ein bisschen, von allem immer ein bisschen.

Sie lässt sich zurück in die Polster fallen, zieht die

Schuhe aus und legt die Füße auf den Sitz gegenüber. Sie merkt, dass der Mann im Abteil links ihr zuschaut. Soll er, ihre Füße sind sauber, wenn auch nicht mehr schön, sie hat Knoten auf den Zehen, und die Nägel sind gelb, man sieht es trotz des Nagellacks. Der Mann ist in Arth-Goldau zugestiegen, Luisa nimmt sich vor, ihn nicht zu beachten. Sie hat ihn nur kurz angeblickt, als sie dachte, dass er sie grüße, und mit dem einen kurzen Blick hat sie den ganzen Mann erfasst. Etwa vierzig, braune Lederjacke, schütteres Haar, bleich, Schuhe wie Pantoffeln, kein Gepäck, nur eine Plastiktüte. Er hat sie nicht gegrüßt, sie wird die Ruhe haben, die sie sich wünscht. Sie nimmt eine Zeitung zur Hand, die *Süddeutsche*. Ihre Mutter war eine gebürtige Süddeutsche, es war ihrem Schweizerdeutsch anzuhören, es zischelte leicht. Liebe Mutter, ich fahre nach Genua und bringe meinen Alfred um. Kannst mir von drüben ein bisschen helfen. Mir über den Rücken streichen, da wo die Flügel wachsen, das hätt ich gern mal wieder, oder ganz fein die Ohren kraulen.

In der *Süddeutschen* macht sie sich auf Satzsuche und wird gleich zweimal fündig:

So Gott will, funktioniert der Sturzbunker wieder, sagt Bauer Franz.

Für eine gute Ehe braucht es immer zwei.

Sie kann den Mann im Abteil links beobachten, wenn sie aus dem Fenster schaut, es ist nun dunkel genug, dass er sich spiegelt. Er reibt sich den Schädel.

Sie findet noch einen dritten Satz:

Im Frühjahr tauchte der verschwundene Husten wieder auf.

Und wenn Alfred gar nicht in Genua ist? Das letzte Mal hat er sich vor einer Woche gemeldet, er brauche Lamprechts Adresse, er wolle Lamprecht informieren, woran er jetzt arbeite, im Hinblick auf eine Ausstellung. Sie hatte ihm gesagt, dass Lamprecht seit mindestens vier Jahren tot sei, und hatte am Telefon deutlich gehört, wie Alfred leer schluckte. Sie weiß nicht, wie dieses Telefon aussieht und wo es steht, sie ist nie in der Genueser Wohnung gewesen. Alfred hat sie von seinem Bruder geerbt, von Anton. Von den zwei Brüdern war Anton der fürs Glück begabte, der beschwingte, der heitere, ging sogar leichten Fußes ins Jenseits. Bestimmt ist Alfred in Genua, wo sollte er denn sonst sein, etwas anderes kann er sich gar nicht leisten, es sei denn, er hat sich wieder mal eine Frau angelacht, wohl eher nicht. Alfreds Zähne sind nicht mehr schön, und überhaupt. Jetzt ist er einundsiebzig.

Suche ehrliche Frau zum Pferdestehlen.

Als Luisa die Sätze in ihr rotes Heft notiert, fällt ihr der Schreibstift aus der Hand und rollt über den Boden ins Abteil links. Der Mann beugt sich vor, um den Stift aufzuheben, aber der rollt davon, und der Mann kniet sich auf den Boden und späht unter den Sitz, dabei entblößt er ein bleiches Stück Rücken, Luisa kann bis zur Pospalte sehen. »Vielen Dank«, sagt Luisa, als ihr der Mann den Stift überreicht, und wendet sich leicht erschreckt und rasch wieder ab von seinem Gesicht, weil es unruhig flackert. Es flackert wie ihre Wohnzimmerlampe, wenn sie sie auf die unterste Dimmerstufe herabschraubt. Etwas ist los mit diesem Gesicht, mit diesem Mann, er wirkt, als würde er sagen: »Fragen Sie mich nichts.« Vielleicht will er nicht erkannt werden wie ich, denkt Luisa belustigt, das wäre ein möglicher Anfang für einen Film. Jetzt tauchen sie in den Gotthardtunnel, man kann nicht mehr so tun, als schaue man interessiert aus dem Fenster, da draußen ist nur noch Wand. Im Wagen ist es nun ganz ruhig, die Tröte und der Bass schweigen. Millionen Tonnen von Gestein über ihren Köpfen werden von Gottes linkem Zeigefinger festgehalten. Wer weiß, wie lange noch.

Das Medikament war nicht schwer zu beschaffen. In der Konkordia-Apotheke ist sie immer noch als Dozentin an der Pflegefachschule registriert, und was sie dort bestellt, gilt als Anschauungsmaterial für den Unterricht, zum Beispiel für eine Lektion mit dem Titel »Die wechselseitige Wirkung von Nahrung und Droge«. Luisa hat das Medikament schon einmal verwendet, als Maya im Heim die erschreckenden Krämpfe hatte und von ihren Augen nur noch das Weiße zu sehen war. Da könne man nichts machen, sagte der Heimleiter, aber Luisa machte. Sie schob Maya heimlich ein Viertelchen Tablette unter die Zunge und hielt ihr, so gut es ging, den Mund zu, und nach einer Weile entspannte sich Mayas Kiefer, und Luisa konnte spüren, wie sie in den Schlaf glitt, wie ein Boot, das man ins Wasser schob. »Sehen Sie«, hatte der Heimleiter gesagt, als er ins Zimmer trat, »das ist oft so, die Krämpfe verschwinden von alleine.« Für Alfred wird sie drei oder vier Tabletten verwenden, sie hat lange hin und her gerechnet. Es darf keine Überdosis sein, es ist wichtig, dass er nicht an den Tabletten stirbt, sondern danach, unter der Plastikhaube. Drei Stück für einen

Löffel Vindaloo-Paste sollten reichen. Sie wird dafür sorgen müssen, dass er sich rechtzeitig aufs Bett legt.

Alfred, ich komme.

Alfred, du gehst.

Plötzlich knirscht und kreischt etwas, so laut, als wär's direkt unter ihrem Wagen, Luisa und der Mann nebenan blicken sich an, und wieder oder immer noch hat der Mann im Gesicht dieses Flackern. Flack wär ein passender Name. Mann, Flack, was ist das für ein Geräusch? Ist der Zug am Entgleisen? Ist der schwarze Tunnel unser Ende?

Flack steht auf und presst das Gesicht ans Fenster. Das Kreischen hört so plötzlich auf, wie es angefangen hat. Aber Flack bleibt noch eine ganze Weile stehen, vielleicht tut die kühle Scheibe seiner unruhigen Stirn gut.

Alfreds Vorliebe für scharfes Essen begann, als er Luisa mit Frau Friedemann betrog. Damals füllte er das Küchenregal mit exotischen Gewürzen. Frau Friedemann war einiges älter, färbte die Haare tiefschwarz und gab sich exotisch. Sie bezog genug Geld von ihrem geschiedenen Mann, um in einer komfortablen Penthouse-Wohnung zu leben und unbekannten Künstlern Bilder abzukaufen. Nachdem sie von Alfred eine Zeichnung erworben hatte, lud sie ihn mit Luisa zu einem Drink auf ihre Dachterrasse ein, zeigte ihnen die Chilis, die sie in Töpfen zog. Das machte damals noch niemand. Luisa genoss die Aussicht über die Stadt, und als sie sich umdrehte, sah sie, wie Frau Friedemann Alfred ins Wohnzimmer schob, und als sie nochmals hinschaute, griff

Alfred der Frau Friedemann gerade ans Hinterteil. Luisa weiß nicht, wie lange sich die Friedemann ihren dunkelrot übermalten Mund von Alfred verschmieren ließ. Einmal mehr blieb er nächtelang weg und behauptete, er arbeite in seiner Mansarde. Solche Zeiten nächtelanger Arbeit gab es immer mal wieder. Nach der Friedemann roch er jeweils nach Pfeffer-Marinade.

Luisa erhielt weiterhin seine prügelnden Bemerkungen:

Du hast Tiefenangst, darum wirst du mich nie verstehen.

Ich würde die Götter sehen, aber dein Putzlappen hat mir die Augen verhängt.

Luisa, du bist ziemlich. In allem ziemlich ziemlich.

Ich bin auf der Flucht vor der Gewöhnlichkeit, halt mich nicht auf.

Sie hat nicht auf die Uhr geschaut, weiß nicht, wie lange sie schon durch den Tunnel fahren, er nimmt kein Ende, sie fahren tiefer und tiefer in diese schwarze Bergmasse hinein, und Luisa hat nichts mehr Neues zu denken. Bereits Gedachtes taucht immer wieder auf durch die Hintertür. Soll ich Alfred überraschen, soll ich vom Genueser Bahnhof anrufen, was mach ich, wenn er nicht abnimmt, was mach ich, wenn er nicht aufmacht, was mach ich, wenn er Besuch hat, was mach ich, wenn er diese eisige Laune hat. Plötzlich hat sie Angst vor ihrem eigenen Mut, es wäre ihr gleich, wenn der Tunnel nie aufhörte. Soll ich Alfred überraschen, soll ich vom Genueser Bahnhof anrufen, was mach ich, wenn er nicht abnimmt, was mach ich, wenn er nicht aufmacht, was mach ich, wenn er Besuch hat, was mach ich … Jetzt schlägt Regen ans Fenster, in Airolo ist es dunkel. Flack steht wieder und schaut hinaus.

Einen Regenschirm hat sie nicht dabei.
Einen Sonnenhut auch nicht.
Sie ist auf Geschäftsreise.
Sie hat was zu erledigen.

Frau Friedemann war die Vierte. Die Vierte von denen, die Luisa gezählt hatte. Frau Friedemann dauerte nicht lange. Bei Yvette war das anders. Yvette war die Zweite und dauerte acht Monate. Alfred hielt Yvette nicht geheim. Er brauche sie als Muse, sagte er zu Luisa, sie halte seine Schwingungen in Gang, er fürchte sich vor einem Stillstand. Luisa brauche nicht eifersüchtig zu sein, sie, Luisa, bleibe die Frau seines Lebens. In jener Zeit roch er nach nichts. Sogar sein leicht saurer Eigengeruch war weg. Luisa sagte im Bett: »Fass mich nicht an«, sie fauchte es, und meistens drehte er dann ab. Aber es kam auch vor, dass er sie umklammerte und auf die Matratze drückte und sich erzwang, was er wollte. Luisa versuchte, sich zu wehren, sie hätte gern geschrien, aber sie blieb stumm, damit Maya nicht erwachte. Es war diese Stummheit, die sie am meisten schmerzte.

Yvette wohnte in Zürich-Oerlikon, sie lief Luisa nie über den Weg, Luisa sah sie nur einmal, von hinten, Arm in Arm mit Alfred. Das war im Hauptbahnhof und war Zufall. Yvette hatte offenes rotes Haar, es fiel über den ganzen Rücken. Sie arbeite als Sachbearbeiterin, sagte Alfred und lachte nicht, als Luisa fragte, ob er die Sache sei.

Nach Airolo kommt der Schaffner. »Ich habe noch kein Ticket«, sagt Flack, »einmal Milano bitte.« Das gehe nicht, sagt der Schaffner. »Und warum?«, fragt Flack. Luisa hört zu, wie der Schaffner erklärt, er könne keine Tickets ins Ausland ausstellen, nur bis Chiasso. »Und was soll ich in Chiasso?«, fragt Flack und klingt jetzt aufgeregt. Da solle er aussteigen und ein Ticket lösen und den späteren Zug nach Milano nehmen. »So ein Blödsinn«, sagt Flack, nun mit hoher Stimme, und als er bezahlt, lässt er die Geldscheine zu Boden flattern. »So ein Blödsinn«, sagt er noch einmal, da ist der Schaffner schon weitergegangen, Luisa dreht den Kopf, vielleicht hat er das zu ihr gesagt, aber Flack schaut aus dem Fenster, die Tropfen ruckeln über die Scheibe. Unheimlicher Mensch, dieser Flack, denkt Luisa, vielleicht sollte ich den Platz wechseln. Die Tröte und der Bass im vorderen Abteil haben erneut zu reden angefangen, und wieder versteht man nur, was sie sagt, von ihm ist lediglich dieses tiefe Brummen zu vernehmen. »Ist ja gar nicht wahr«, sagt sie. »Das verstehst du nicht«, sagt sie. »Denk doch mal nach«, sagt sie. Und er brummt dazwischen. »Hast du noch ein Hirn im Kopf?«, sagt sie. »Oder ist es ausgelaufen?« Bei dieser Frage schauen Luisa und Flack einander an und sehen, dass sie beide gern lachen würden.

Maya lacht, wenn man den rosa Stoffaffen vor ihrem Gesicht hin- und herwedelt. Sie macht den Mund zum Lachen weit auf, links hängt er tiefer als rechts. Sie lacht auch, wenn man sagt: »Maya essen?«, und wenn man sie sanft an den Handgelenken kitzelt. Ihr Lachen klingt wie ein Grunzen, es ist das schönste Grunzen der Welt, es beweist, dass ihr nichts wehtut. Luisa kann sich an das letzte richtige Gelächter von Maya erinnern, da war sie zwölf, sie saßen im Spital im Wartezimmer. »Die Nase ist die Bohrinsel des kleinen Mannes«, las Maya in einem zerfledderten Heft, und das war der letzte Witz, der sie zum Lachen brachte. Sie trug damals eine Zahnspange, aber nach der Operation wurde die für immer zur Seite gelegt. Jetzt sieht man ihre Zähne, wenn sie vor dem Stoffaffen den Mund aufmacht, sie sind gesund, aber schief. Luisa überlegt, was sie Maya von der Reise mitbringen könnte. Etwas Weiches. Oder etwas Süßes. Aber das Süße müsste sie ihr geben, wenn niemand vom Heim dabei ist. Die werden immer strenger. Luisa schließt die Augen und stellt sich Mayas Hände vor. Sie hat perfekte Hände, schmal und kräftig, mit langen Fingern. Sie kann sich links selber streicheln.

Luisa fährt erster Klasse, hat sich das nun endlich mal geleistet, und sie würde den teuer bezahlten Platz gerne ununterbrochen genießen, wenn sie nicht diesen Heißhunger hätte. Das tanzende Schinkenbrot vor ihren Augen muss endlich weg. So macht sie sich auf in den Speisewagen.

Das Essen ist eine Enttäuschung, es ist nicht schlecht, das Schnitzel ist schön fett und knusprig, wie die Bratkartoffeln, aber man hat an Luisas Zweiertischchen noch eine Dame gesetzt. »Erwarten Sie noch eine Begleitung?«, fragte der Kellner, und Luisa verneinte, es ging nicht anders. Und so lässt sich freundlich grüßend eine Dame nieder, Luisa schiebt die Knie zur Seite, isst rasch und geht gleich nach dem Tiramisu in ihr Abteil zurück.

Flack scheint zu schlafen.

Sie trinkt das Weinfläschchen aus, das sie vom Abendessen mitgenommen hat, auch wenn das unfein ist, schaut hinaus ins lichtgetüpfelte Dunkel. Die Dame hat nichts falsch gemacht, denkt sie. Sie war nett, reichte ihr den Brotkorb, nickte ihr zu, bevor sie das Weinglas an den perfekt geschminkten Mund setzte. Das Irritierende an der Dame war, dass sie eine Dame war. Ich werde nie eine sein, denkt Luisa. Und obwohl sie gar keine sein will, schaut sie mit Unbehagen auf ihre grob geäderten Hände und denkt an die schlanken Finger der Dame, die schön gefeilten Nägel, wie elegant es aussah, wenn sie die Serviette auseinanderfaltete, die Mundecken tupfte, den Blumenkohl auf die Gabel schob. Wie adrett sie ihr Handtäschchen schloss, wie unauffällig sie mit den lockeren Fingerringen spielte. Ich müsste meine Brauen in Form zupfen, denkt Luisa, den bläulichen Eckzahn überkronen lassen, müsste aufrechter sitzen und mir nicht dauernd das Kinn reiben wie gerade jetzt. Ich bin immer noch eitel, denkt sie, und es würde mich freuen, wenn in der Zeitung stünde: Zeuge sah, wie Dame die Wohnung des Ermordeten verließ. Eine eitle Alte bin ich, denkt Luisa, und gebe mir größte Mühe, dass man von meiner Eitelkeit nichts merkt.

Eitelkeit hat sie sich in den ersten Jahren mit Alfred zugelegt, sie half ihr beim Betrogenwerden. Alfred sollte sie nicht kleinmachen, nein, aufrecht wollte sie bleiben, gefallen wollte sie. Sie machte sich schön, sie lernte, anderen zuzulächeln. Niemand wusste von Alfreds Bettausflügen, ihren Eltern sagte sie nichts, und eine richtige Freundin hatte sie nicht, außer Maya, und dann Mirjam. An ihren Bettchen sang sie manchmal *»Your father is an asshole«* zur Melodie »Der Mond ist aufgegangen«. Als junges Mädchen war sie kaum eitel gewesen, hatte es ertragen, dass ihre Freundinnen hübscher waren, hatte einfach angezogen, was ihre Mutter für sie gekauft hatte: farblose Kleider, vernünftige Schuhe. Und die Frisur, die man einmal für sie beschlossen hatte, Scheitel links, Spange rechts, behielt sie jahrelang bei. Aber mit Alfred war sie ein Schwan geworden. Sie kaufte sich sogar einen Ganzkörperspiegel, der sich aufklappen ließ, sodass man sich auch von hinten sah. Als Maya und Mirjam klein waren, sahen sie sich im Spiegel ihre rosigen Hinterteile an.

Sie freut sich drauf, ihre Verkleidung als Unauffällige loszuwerden, aber mindestens bis morgen Abend muss sie die graue Altfrauenhose und das senfgelbe Foulard noch aushalten. Verwundert stellt sie fest, dass es Flack ist, dem sie gefallen möchte, diesem seltsamen Mann, der halb so alt ist wie sie.

Wenn sie Alfred jetzt nicht entsorgt, kann er noch gut und gern zehn Jahre leben. Und etwas weniger gut und gern noch weitere zehn Jahre dazu. Soviel sie weiß, ist er nicht müde und sieht sich nach wie vor als Künstler vor dem großen Durchbruch, er bedient sich an Luisas Konto, hebt mal zwei-, mal viertausend ab. Das heißt, dass sie nie so viel für Mayas Zukunft zur Seite legen kann, wie sie sich vorgenommen hat. »Was machst du eigentlich mit all dem Geld?«, hat sie gefragt, als er kürzlich angerufen hat, damit sie ihm ein halbes Dutzend Koh-i-Noor 7B schicke, Bleistifte, die es in Genua nicht zu kaufen gibt. »Ach, Luisa«, hat er nur gesagt. Das heißt: Sei nicht so knauserig, du weißt, wenn ich abkratze, wird dir die Genueser Wohnung gehören. Ach, Luisa, du kleine Spießerin. Hast von Größe nie was verstanden. Ein bisschen dies, ein bisschen das – aber das Ganze hast du nie an dich herangelassen, Luisa, du braves Mädchen ohne Hingabe. Von Vollendung verstehst du nichts.

Luisa spürt, wie ihr die Wut und das panierte Schweinsschnitzel aufstoßen. Alfred würde sich wundern, wenn er wüsste. Sie hat seine Vollendung in Angriff genommen, sie, das brave Mädchen. Sie wird sie mit kalter Gründlichkeit durchziehen, und nur die Tatsache, dass sie ihn noch einmal anfassen muss, macht sie ein bisschen schaudern.

4

Den Reißverschluss des Körpers aufgezogen

Mirjam rutschte so leicht in die Welt wie ein Brötchen aus der Tüte. Sie machte kein Aufhebens von ihrer Ankunft, mit einem kleinen Schrei fügte sie sich ins Leben, ballte die Fäustchen und nahm sich, was ihr zustand, Milch und Schlaf. Sie weinte so selten, dass man sie hätte vergessen können. Alfred fand, sie gleiche niemandem. Diesmal schlug er keinen Namen mehr vor. Warum nicht Mirjam, sagte Luisa. Sie war mal mit einer Mirjam zur Schule gegangen, einer flinken, zierlichen Mirjam. Außer dem Namen wusste sie nichts mehr von ihr. Warum nicht Mirjam.

Maya, zweijährig, empfing die kleine Schwester freundlich und legte ihr sorgfältig Stofftiere auf den Kopf. Einzig Mirjams Finger schienen sie zu ärgern, sie zog immer wieder mal dran, so als wollte sie die länglichen Tierchen entfernen.

Als Mirjam zu kriechen anfing, wurde die Wohnung endgültig zu klein. Alfred hatte sie eines Abends am Boden übersehen, er stolperte über sie, drückte sie gegen den Türrahmen und schlug sich selber das Knie auf. Alle schrien, Maya schrie, weil Luisa schrie, und Luisa schrie, weil Alfred so hässlich geflucht hatte. Sie hatten

Glück. Nach einer kurzen Wartezeit wurde ihnen von der Stadtverwaltung eine Vierzimmerwohnung angeboten, weil Alfred ein städtischer Teilzeitangestellter war. Er fand diese Bezeichnung entwürdigend, zog sich verletzt in seine Mansarde zurück, und Luisa brauchte eine Woche, um ihn zum Unterschreiben des Vertrags zu bewegen. Als es so weit war, hätte sie vor Freude gern geschrien. Die neue Wohnung war in der Altstadt, zuoberst in einem altersschiefen Haus, Alfred fand sie dunkel, aber Luisa war glücklich. Der Boden knarrte, die Zimmer waren niedrig, aber sie hatten jede Menge Platz, zwar gab es weder Balkon noch Garten, dafür einen kleinen öffentlichen Park gleich um die Ecke. Und das Beste war, dass sie für die neue Wohnung nicht mehr zu zahlen brauchten als für die alte. Alfred konnte seine Mansarde vorläufig behalten.

Gute Nacht, städtischer Teilzeitangestellter, dachte Luisa, als sie am Abend des Umzugs in die Betten krochen. Du sollst es hier schön haben mit deinen drei Frauen.

Oberhalb der Haustür war eine verblasste Inschrift, »Taube« stand da, der Fassadenmaler hatte drum herumgemalt. Niemand wusste mehr zu sagen, warum das Haus Taube hieß. Was dazu passte, war Mirjams stetes Geplauder, das hörte sich wie zufriedenes Gurren an. Maya hingegen klang eher wie Rabe. »Sie ist laut«, beklagte sich Alfred. Das Leben im Haus Taube war anders als bis anhin. Alfred verzog sich oft, angeblich ins Atelier, wie er seine Mansarde nannte, und wenn er heimkam, sprach er wenig. Zwar hatte er sich in der neuen Wohnung ein Arbeitszimmer eingerichtet, aber darin sah es Tag für Tag gleich aus, die Papierstapel auf Tisch und Boden verschoben sich nie, und die schön arrangierten Stifte und Pinsel blieben schön arrangiert. Mit der Zeit wurde das Zimmer als Abstellplatz für Bügelbrett, Wäschekörbe und Pappkartons benutzt, und Alfred ging erst recht nicht mehr hinein, außer wenn Luisa ihn mit sich zog, um dort mit ihm zu streiten. »Die Kinder brauchen uns nicht zu hören«, sagte sie. Einmal warf sie den Sack mit den Wäscheklammern nach ihm, gerade als Maya fragend die Tür aufmachte. Alfred lachte schadenfroh und bückte sich, um aus den Klammern für Maya eine Kette zu machen.

Luisa zog meistens den Kürzeren.

Ein Jahr nach Mirjams Geburt nahm sie ihre Arbeit wieder auf.

Sie brachte die Kinder in die Krippe.

Sie holte die Kinder von der Krippe ab.

Sie kaufte ein und wusch und putzte.

Sie verbrachte die freien Nachmittage im kleinen Park nebenan.

Sie las nie in dem Buch, das sie mitnahm.

Sie dachte an Silvan.

Damals fingen die Jahre mit Silvan an.

Silvan war Zeichenlehrer an der Mittelschule. Er unterrichtete hauptsächlich nachmittags, so wie Luisa. Und ihre Zimmer lagen im gleichen Stockwerk, Nummer B7 und Nummer B9. Das Fach Zeichnen teilte sich mit dem Fach Hauswirtschaft einen kleinen Materialraum, Nummer B8. Zwischen den Regalen in B8 war es so eng, dass man kaum aneinander vorbeikam, ohne sich zu berühren. Sie berührten sich nicht.

Wenn Luisa B8 betrat, fing sie anders an zu atmen, so als betrete sie eine Kapsel, die gleich explodieren könnte. Sie suchte sich, was sie für die Stunde brauchte, ein Plakat mit Vitamintabellen, eine Briefwaage oder einen Stapel Schneidebrettchen, und wenn Silvan hereinkam, sagte sie: »Ach, du bist's«, und es tat weh, einfach zu lächeln und sonst nichts. Sie erstarrte, wenn er sich an ihr vorbeidrückte, und gleich danach fingen ihre Beine an zu zittern. Es gab ein Fenster in 8B, das mal sie, mal Silvan öffnete, dort standen sie nebeneinander und sahen hinaus auf einen Baum. Beide wussten nicht, was für ein Baum es war, er blühte in weißen Sträußchen, als sie das erste Mal zusammen am Fenster standen, und kaum war er verblüht, trug Silvan ein kurzärmeliges Hemd, und Luisa sah seinen hell behaarten Arm. Im Herbst – der Baum war gelb – war Luisa so weit, dass sie Silvans Arm durch den Ärmel seines Pullovers hindurch sehen konnte. Sie hatte alles gespeichert, was sie an Silvan je gesehen hatte. Und was sie nicht gesehen hatte, stellte sie sich vor, seinen Rücken zum Beispiel, die Haut über den Wirbeln, wenn sie darüberstriche.

Im Winter standen sie nicht mehr am Fenster, Silvan hatte zwei Kisten davorgestellt, Luisa hatte ein Stück Schaumstoff draufgelegt. Da saßen sie und sahen einander an oder aneinander vorbei, Silvan rieb Farbe von den Fingern oder brach eine Schokolade in Stücke, und Luisa dachte sich Fragen aus, die ihn nicht bedrängten. Liebst du mich auch, dachte sie und fragte: Habt ihr Ölheizung zu Hause?

Einmal trat sie ins Lehrerzimmer, als man gerade auf Silvan anstieß, er hatte Geburtstag. Es verletzte sie, dass sie nichts davon gewusst hatte, dann fing sie Silvans Blick auf, der war so weich wie sein Blick, wenn sie an ihn dachte. »Viel Glück«, sagte sie und gab ihm die Hand wie einem Fremden.

Silvan war fünfundvierzig, elf Jahre älter als sie, er hatte drei Söhne, der älteste war gerade durch die Aufnahmeprüfung fürs Gymnasium gefallen. Seine Frau hieß Eva, er hatte ein Bild von ihr in der Brieftasche. Sie war schmal und kurzhaarig, fast geschoren, und Luisa fand, dass sie nicht zu ihm passe. Silvans Gesicht war knochig und breit, ein Schwedengesicht, sein Haar, graublond, hing ihm in Büscheln über Stirn und Ohren, die Augen lagen tief in den Höhlen, kieselgrau. Luisa wusste beim ersten Blick in diese Augen, dass etwas mit ihr geschah. Als sie an jenem Abend nach Hause ging, fühlte sich alles anders an, der Schwung ihrer Schritte, der Riemen der Schultertasche, der Türknopf im Taubenhaus, Alfreds Jacke am Garderobenhaken. Sie umarmte die Mädchen und mochte sie nicht mehr loslassen.

Sie dachte an Silvan und ertrug Alfred leichter. Wenn er abends nicht heimkam oder sie beleidigte oder sich beklagte über das spießige Leben, dachte sie an Silvan. Wenn er den Geschlechtsverkehr erledigte, im Morgengrauen, dachte sie an Silvan, stellte sich vor, sie stehe neben ihm am Fenster in B8, und ihre Arme berührten sich. Es war, als hätte sie einen Topf voll Glück gefunden, dem sie jederzeit einen Finger voll entnehmen konnte, um sich damit einzustreichen.

Schon bald tat sie nicht mehr so, als suche sie Material in B8. Sie ging einfach und setzte sich, oft saß Silvan schon da. Sie sprachen über Belangloses, die neue Form der Spesenabrechnung oder die Absenzenkontrolle, manchmal sagten sie gar nichts, lauschten auf die Geräusche im Korridor oder das Vorbeistreichen der Minuten. Luisa war von Kopf bis Fuß geöffnet für Silvans Nähe, so als hätte sie den Reißverschluss ihres Körpers aufgezogen. Wenn die Pausenglocke läutete, zog sie ihn wieder zu, lächelte Silvan an und sagte: »Also dann.« Der Baum vor dem Fenster war ein Trompetenbaum. Silvan hatte es herausgefunden, nach zwei gemeinsamen Jahren mit Luisa. »Unser Baum ist ein Trompetenbaum«, sagte er.

Alfred wusste nicht, dass es einen Silvan gab. Er wusste überhaupt nicht viel von Luisas Leben außerhalb vom Taubenhaus. Es war nicht so, dass es ihn nicht interessiert hätte, es war einfach so, dass Luisa nichts erzählte. Einmal hatte er die Idee, sich zum Zeichenlehrer umschulen zu lassen. »Ich kenne einen«, sagte Luisa. Aber Alfred ließ die Idee bald wieder fallen, und Luisa sprach nie mehr davon.

Es war wieder Sommer, der Baum blühte wieder, sie sahen den Bienen zu, die in die kleinen weißen Glocken schlüpften. Silvan beugte sich weit hinaus und zupfte ein Blatt vom Baum, und noch eins, und legte sie auf den Sandsteinsims, erst nebeneinander, dann aufeinander. Sie waren herzförmig. »Passt«, sagte Luisa.

Damals wurde Maya ein Asthmakind. Sie machte schon immer diese kleinen Geräusche beim Atmen, aber als sie fünf war, fing sie an, nachts zu pfeifen und zu winseln. Manchmal setzte sie sich auf und sah Luisa verängstigt an. Wenn Wiesen und Bäume blühten, tränten ihre Augen, und die Lider schwollen an. Es kam vor, dass sie plötzlich vom Spielplatz nach Hause rannte, um sich ins Bett zu retten, Luisa lief hinterher und schloss die Läden und legte kühle Lappen auf die roten Augenschlitze. Vom Arzt erhielten sie einen kleinen Inhalator, Maya freute sich, weil sie einen hatte und Mirjam nicht. Nachts stieß Alfred manchmal Luisa an und sagte: »Sie hustet.« Sie stand sofort auf und schämte sich, dass sie das Husten nicht selber gehört hatte. Alfred blieb liegen, Unangenehmes mit den Kindern machte ihm Angst, was Luisa verstand.

Noch mehr kann ich nicht bewältigen, dachte Luisa, sonst muss ich schreien. Weil sie die Woche durch immer rannte, zur Krippe, zur Schule, zur Krippe, zum Taubenhaus, rannte sie auch am Sonntag. Erst wenn sie jemanden schlendern sah, schlenderte sie auch. Nie ging sie die Taubenhaustreppe hoch oder runter, ohne etwas zu schleppen, die Kinder, die Einkaufstaschen, den Müllsack. Oft legte sie sich, wenn sie in der Wohnung ankam, erst mal flach auf den Boden. Maya mochte das nicht, sie quengelte, bis Luisa aufstand. Ihre Handgelenke schmerzten, sie trug Bandagen, die Alfred scheußlich fand. Auch der Rücken schmerzte, der Arzt verschrieb ihr Tabletten. Von Alfred wollte sie nicht zusätzliche Hilfe verlangen. Sie war froh, wenn sie nichts bitten und nichts erklären musste, war froh, wenn er sie in Ruhe ließ. Sie freute sich auf die Samstage und Sonntage, weil sie dann die Mädchen nicht frühmorgens aus dem Bett holen und in die Krippe kommandieren musste. Und sie freute sich auf die Montage, Dienstage und Donnerstage, weil sie dann Silvan sah. Der Mittwoch war der schlechteste Tag der Woche.

Als nachts um zwei das Telefon klingelte und Luisa sah, dass das Bett neben ihr leer war, dachte sie: Alfred! Ein Unfall. Vielleicht ist er tot. Sie erschrak, weil der tote Alfred sie nicht erschreckte.

Es war ihre Mutter, die aus Santo Domingo anrief: Vater sei gestorben. Sei morgens nicht mehr aufgewacht. Nein, sie brauche keine Hilfe, sie komme schon zurecht. Aber eine Todesanzeige würde sie gerne verschicken. Ob Luisa so was aufsetzen könne.

Luisa ging ins Kinderzimmer. Mirjam schlief tief, sie machte noch immer Fäustchen beim Schlafen. Maya schnarchte leise. Euer Großvater ist gestorben, dachte Luisa, und ihr habt ihn kein einziges Mal gesehen. Vielleicht hätte er euch gefallen. Er konnte lachen über gar nichts.

Ihre Eltern waren kurz nach Luisas Heirat nach Santo Domingo ausgewandert, Vater erhoffte sich gute Geschäfte mit dem Import von Küchenmaschinen, Mutter wollte mehr Wärme gegen ihr Rheuma. Es kam nicht so, wie sie dachten, sie wurden hereingelegt, und statt in einem sonnigen Häuschen mit Garten wohnten sie in einer Wohnung an einer verkehrsreichen Straße, wo Autos mitten durch die Küche donnerten, wie Mutter am Telefon sagte.

»Ich hab die Anzeige gesehen«, sagte Silvan in 8B. »Bist du traurig?« Luisa schüttelte den Kopf. Dabei war sie traurig. Nicht weil ihr Vater nicht mehr lebte. Nur weil er ihre Kinder nie gesehen hatte. Nur weil er sie daran erinnerte, dass man starb. Nur weil die Zeit so heimlich sickerte wie Mehl aus einem kaputten Sack. Jetzt umarmt er mich, dachte Luisa, als sich Silvans Arme hoben. Aber er streifte sich bloß die Haare aus dem Gesicht. Sie wunderte sich, dass Silvan Todesanzeigen las, sie dachte, das machten nur Frauen. Der Name Racher sei ihm aufgefallen, bei Racher beziehe er die Zeichenutensilien. Dann habe er gesehen, dass die Anzeige mit Luisa Gallmann-Racher unterschrieben war. Ob Jakob Racher ihr Bruder sei. Nein, sagte Luisa, das sei ein Onkel. Einen Bruder habe sie nicht. Dass sie mal einen halben Bruder gehabt hatte, mochte sie nicht sagen. Sie wusste zu wenig von ihm.

Alfred schmollte kurz, weil sie seinen Namen auf die Anzeige gesetzt hatte, ohne sie ihm vorher zu zeigen. Sie gab ihm recht. Danach war er freundlich, er wusste Rücksicht zu nehmen auf jemanden mit Todesfall, er hatte Umgangsformen. Bestimmt benahm er sich auch als städtischer Teilzeitangestellter so. Man schien ihn in der Stadtverwaltung zu schätzen.

»Ich komme zurück«, schrieb Mutter zwei Monate nach Vaters Tod. Sie verkaufe, was sie noch habe, und Vaters Urne nehme sie mit. Eines Morgens stand sie mit einer Reisetasche vor dem Taubenhaus. Luisa wusste nicht, ob sie sich freuen sollte. Alfred begrüßte sie höflich und machte sich davon. Maya und Mirjam starrten sie an. Sie hatte feuerrotes Haar. Die bunten Wollmützen, die sie den Kindern mitgebracht hatte, waren zu klein. »Was habt ihr bloß für riesige Köpfe«, sagte sie. »Wer bist du?«, fragte Maya die Frau mit dem roten Haar. »Yaya«, antwortete diese, und erklärte auf Luisas fragenden Blick: »So nennt man die Großmutter da, wo ich herkomme. Jetzt hat die Maya eine Yaya.«

Sie schlief drei Nächte auf dem Sofa, dann zog sie nach Flüelen, zu Schwager Josef, zu den Kaninchen und den Stiefmütterchen.

»Alfred, hast du die roten Haare gesehen?«, fragte Luisa. »Ja und?«, sagte Alfred. »Sie will, dass wir sie Yaya nennen«, sagte Luisa. »Ja und?«, sagte Alfred. »Hauptsache, wir haben unser Sofa wieder.«

Er wusste nicht, wie sehr Luisa das Sofa brauchte. Wenn sie nachts erwachte, musste sie sofort an Silvan denken. Und wenn sie an Silvan dachte, ertrug sie keinen schlafenden Alfred neben sich. Also verzog sie sich aufs Sofa, lag zusammengekrümmt unter der indianischen Decke und überließ sich der Heftigkeit ihrer Liebe. Im Morgengrauen schlich sie sich wieder in ihr Bett, war erleichtert, dass Alfred schnarchte, und schlief erschöpft ein.

Die Yaya stand immer wieder mal vor der Tür, sie hielt es in Flüelen nicht aus. Und Luisa hielt es mit der Yaya nicht aus, obwohl die Kinder sie inzwischen mochten und ihr ohne Weiteres auf den Schoß kletterten. Die Yaya sagte nichts zu Luisas Situation, sie machte nur dieses »Ich weiß schon«-Gesicht, dieses »Alfred ist ein Reinfall«-Gesicht, dieses »Du musst halt selber wissen«-Gesicht. Dieser Gesichter wegen hielt es Luisa mit der Yaya nicht aus. Als die Yaya herausfand, dass im Taubenhaus eine Einzimmerwohnung frei wurde, konnte Luisa nicht verhindern, dass sich die Yaya mit

Alfreds Zustimmung bewarb und die Wohnung bekam. Sie lag im Erdgeschoss. Ein Schneider hatte da mal seine Werkstatt gehabt, man konnte von der Straße ins Zimmer sehen, aber das war der Yaya egal. Sie richtete sich ein mit Ware aus dem Brockenhaus, dort holte sie auch Spielsachen und füllte ein ganzes Regal damit. Dann wartete sie darauf, dass Luisa ihr die Kinder brachte. Aber Luisa ging nicht darauf ein. Sie behielt ihr altes Leben bei, das Hetzen durch die stramm organisierten Tage. Erst als Silvan sie eines Tages fragte, ob sie krank sei, sie sehe bleich aus, dachte sie: Ich muss etwas ändern. Ich will schön bleiben.

Maya wurde sieben und besuchte die Schule, und Mirjam kam in den Kindergarten. Die verschiedenen Stundenpläne machten das Organisieren noch schwieriger, und Luisa kam nicht mehr darum herum, die Yaya miteinzubeziehen.

»Setz dich«, sagte die Yaya. Es gab zwei Möglichkeiten, den Bettrand oder den Schaukelstuhl. Durch den hellen Vorhang sah man die Passanten draußen, so als ob sie über eine Leinwand liefen. »Ich hab dich etwas fragen wollen«, sagte Luisa. »Dann frag doch«, sagte die Yaya. Ob sie Mirjam jeweils vom Kindergarten abholen und zu sich nehmen würde. Vielleicht könne sie sich mit Alfred abwechseln. Noch während sie ihr Anliegen richtig zu formulieren suchte, sah sie die Bücher neben dem Bett: Hexen heute. Walpurgisträume. Die dunkle Seite der Frauen. Was war das? War die Yaya unter die Hexen gegangen. Ihre stets angepasste und leicht langweilige Mutter? Hatte sie sich deshalb die feuerroten Haare zugelegt? »Was liest du da?«, fragte Luisa. »Ach nichts«, sagte die Yaya. Ja, das mache sie, sie hole die Mirjam ab. Kein Problem. Und den Alfred brauche sie nicht.

Dafür wollte sie Luisas Hilfe, um Vaters Urne loszuwerden. Luisa hatte nicht gewusst, dass die Yaya die Urne immer noch bei sich hatte, verwahrt in einem Schirmständer. Luisa hob sie heraus und stellte sich vor, sie stemme ihren Vater hoch. Sie lachte ein bisschen. »Du gleichst ihm«, sagte die Yaya. »Hast du das gewusst?«

Alfred hatte sich eine Woche freigenommen, er fahre für ein paar Tage auf die Alp. Er packte Pinsel und Zeichenstifte in den Rucksack, in die Außentasche, sodass man sie sah. »Wie heißt sie?«, fragte Luisa. »Meinst du die Alp?«, sagte Alfred. Luisa meinte die Frau. Sie wusste, dass er wieder mal eine erobert hatte. Sie hieß Rita, und sie bewirkte, dass er bis zur Lächerlichkeit gockelte. Schon morgens rieb er sich mit Lavendelöl ein. Er roch wie ein Braten. Fast tat er Luisa leid. Aber dann kam doch wieder der ewige Groll, weil er sich drückte, wenn man ihn brauchte, weil er nicht kam, wenn man ihn erwartete, weil er seine Vergesslichkeit pflegte wie eine künstlerische Gabe. »*Your father is an asshole*«, hatte Luisa früher am Kinderbettchen gesungen. Nun lernte Mirjam im Kindergarten englische Liedchen und wollte alles erklärt haben, was Luisa ihr vorsang. »Der Mond ist aufgegangen«, sang Luisa. »Wie Teig«, sagte Maya. Sie war ein gescheites Kind.

5

Nicht genau nach Genua

Vor Chiasso steht Flack auf, nimmt seine Plastiktüte und beginnt, im Wagen hin- und herzugehen. Es ist still, die Tröte und der Bass sprechen nicht mehr. Als der Zug hält, ist es kurz nach elf, der Bahnhof ist hell erleuchtet, Luisa sieht ein paar Uniformierte auf dem Bahnsteig, sie passt auf, ob Flack aussteigt, aber er zeigt sich nicht. Auf einer Bank sitzt eine schwarze Familie, eng aneinandergeschmiegt. Arme Teufel, denkt Luisa und beneidet sie, weil sie nicht allein sind. Der Zug rollt wieder an, Flack kommt an seinen Platz zurück, er blickt Luisa an, er flackert nicht mehr. Bis Mailand sitzt er sehr aufrecht da, kein Schaffner kommt vorbei, was Luisa ein bisschen bedauert, Flack in Schwierigkeiten, das wäre interessant.

Die Hotelvermittlung im Bahnhof hat geschlossen, es ist Mitternacht vorbei, und so geht Luisa mit ihrem Rollkoffer etwas ratlos hinaus auf die Piazza Duca d'Aosta, um sich nach einem Hotel umzusehen. Zu vornehm sollte es nicht sein, aber doch besser als eine Absteige. Plötzlich merkt sie, dass Flack hinter ihr steht. »Suchen Sie auch ein Hotel?«, fragt er, und sie registriert, dass er schöne weiße Zähne hat. Luisa sagt nichts, sie zieht einfach los, auf ein Hochhaus zu, dessen viele Lichter Sicherheit versprechen. »Das ist der Pirellone«, sagt Flack, der neben ihr herläuft oder eher trippelt, wahrscheinlich passt er seine Schritte den ihren an. »Das Pirelli-Hochhaus«, sagt Flack wieder. »Da ist mal einer reingeflogen, mit einem Kleinflugzeug, wahrscheinlich ein Verrückter.« Selber Verrückter, denkt Luisa. Ich sollte ihn loswerden, und zwar rasch, aber wie. Sie beginnt, schneller zu laufen, Flack auch, nun schlurfend, damit er seine pantoffelartigen Schuhe nicht verliert. Soll er doch sein Hotel alleine suchen, denkt Luisa, was will der von mir. Von der alten Schachtel. Von der Schachtel in der Altfrauenhose. Das Hotel Centrale, zu Füßen des Pirellone, scheint geöffnet zu sein, Luisa betritt es, ohne anzuhalten, Flack hält ihr die Tür auf. Der Concierge legt sein Kreuzworträtselheft zur Seite und greift nach einem Schlüssel. »*Camera doppia?*«, fragt er. »*No, due camere*«, sagt Flack, und was er sonst noch sagt, italienisch, versteht Luisa nicht. Sie macht sich ans Ausfüllen des Anmeldezettels, und da fällt ihr ein, dass sie auf ihrer heimlichen Reise nicht schreiben darf, wie sie heißt. Das hatte sie sich vorher nicht überlegt. Vorname: Asiul. Nachname: Rehcar. So hat sie früher verkehrt herum geheißen. Etwas Besseres fällt ihr in der Schnelle nicht ein. Einen Ausweis verlangt der gähnende Concierge nicht. Sie nimmt den Schlüssel und holpert mit dem Rollkoffer die Treppe hoch. Flack ist noch am Schreiben.

Als sie erwacht, beginnt es draußen hell zu werden, sie tastet sich auf die Toilette, dann ans Fenster, sieht das

Hochhaus, den Pirellone, Flack fällt ihr ein. Was macht einer wie Flack hier in Mailand, einer, der ohne Gepäck und ohne Ticket über die Grenze reist, einer, der sich mitten in der Nacht einer alten Schachtel anschließt. Er wirkt, als sei er irgendwo weggelaufen. Als würde er gerne mit einem Kleinflugzeug in ein Hochhaus knallen. Ach was. Und überhaupt, was geht sie das an.

Sie legt sich wieder ins Bett und versucht, sich etwas Schönes vorzustellen, aber immer fliegt sie nur auf den Pirellone zu und denkt, da lässt sich doch wunderbar ausweichen, nach links oder rechts, in den großen freien Himmel hinein. In den Pirellone hineinfliegen, das geht nur extra, das muss man sich vorgenommen haben. Und was man sich vorgenommen hat, das führt man durch. So viel Selbstdisziplin muss sein, das hat Luisa gelernt und Asiul auch. Nein, sie wird nicht ausweichen, nicht nach links oder rechts in den großen Himmel hinein, sie wird geradewegs nach Süden fahren, zu Alfred nach Genua, und tun, was zu tun ist. Frühstück wird zwischen acht und zehn serviert, so lange will sie nicht warten. Sie wird darauf verzichten und den Kaffee im Bahnhof trinken, dann riskiert sie auch nicht, im Frühstücksraum noch einmal Flack zu begegnen. Einen herrlichen Cappuccino wird sie trinken, und danach wird sie sich einen ruhigen Platz suchen, um Mirjam anzurufen, vielleicht in den Giardini Pubblici oder warum nicht zuoberst auf dem Mailänder Dom. Mirjam, wird sie sagen, ich bin dann also in Wien, alles gut gegangen.

So tief hat sie schon lange nicht mehr geschlafen, es ist zehn Uhr, als sie aufwacht, Frühstückszeit verpasst. Erschöpft, als hätte sie einen Rausch ausgeschlafen, liegt sie im Bett und späht in das unschöne Zimmer. Aufstehen, sagt sie endlich zu ihren siebzigjährigen Knochen, zeigt, was ihr könnt. Heute fahren wir nach Genua. Sie streckt ihre großen Füße aus dem Bett, macht schon, der Kopf kommt auch gleich, wir stellen uns miteinander unter die Dusche, und meine Haare werden trocknen, noch bevor ich wieder angezogen bin, jetzt sind sie so kurz wie ein Stoßgebet.

Sie packt den Pyjama in den Koffer, auf die Zutaten fürs Curry, späht unters Bett wie früher, als die Mädchen noch klein waren und sie dort einen Teddy oder ein Söckchen aus den Staubflocken holte, hängt sich die Handtasche schräg über die Brust und macht sich auf die Reise. Aus dem Papierkorb neben der Rezeption fischt sie eine *Frankfurter Allgemeine* von gestern, sie braucht neue Sätze fürs rote Heft. »Ah, Signora Rehcar«, sagt die junge Frau, die den Schlüssel in Empfang nimmt, »*che bella giornata!*«

Draußen vor der Tür bleibt Luisa kurz stehen. Ja, die Giornata ist bella, der Himmel blassrosa, der Pirellone glänzt in der Sonne und scheint sich ihr zuzuneigen.

Dann sieht sie Flack, links an die Mauer gelehnt.

Er raucht.

Und hebt grüßend die zigarettenfreie Hand.

Luisa grüßt zurück.

Hätte sie auf Magi gehört und sich einen neuen Koffer gekauft und nicht Magis alten genommen, dann wäre alles anders gekommen. Aber nein, sie hat darauf bestanden, der Koffer sei noch gut und so schön blau, hat sie gesagt bei Magis Umzug ins Heim, und jetzt verliert der Koffer ein Rad. Die zwei Stufen vom Hotel zur Straße hat er nicht mehr geschafft. Fertig gerollt. Luisa hebt ihn hoch, und sofort schmerzt die Schulter, sie nimmt ihn mit der anderen Hand, das ist auch nicht besser. Bis zum Bahnhof muss es gehen, dort wird sie sich einen neuen Koffer kaufen. Da taucht Flack an ihrer Seite auf und nimmt ihr den Koffer aus der Hand. »Zum Bahnhof?«, sagt er, und sie riecht, dass er geraucht hat, wie sie es früher bei Alfred gerochen hatte. Er höre mit Rauchen auf, sagte Alfred, als Maya ihre Asthmaanfälle bekam, aber er schaffte es nicht, ging jedoch zum Rauchen in sein Arbeitszimmer, das inzwischen eine Rumpelkammer war und dann noch Rauchsalon wurde.

»Danke«, sagt Luisa und späht zu Flacks Gesicht, sieht jedoch nicht, ob es flackert. »Müssen Sie auch dahin?« »Ich muss nirgendwohin«, sagt Flack, »leider.«

Er hat ihr den Koffer in den Laden getragen und wartet beim Eingang, während sie sich umsieht. Die kleineren Koffer sind alle schwarz, beerdigungsschwarz, so ein heidelbeerblaues Ding wie das von Magi wird wohl nicht mehr zu finden sein, ach, du liebe Magi in deinem dummen Heim, wenn du wüsstest, wo ich bin. *No, no, no*, sagt der Verkäufer auf Luisas Frage, in Rot hätten sie gar nichts, er schüttelt den Kopf, als hätte sie Ungebührliches verlangt. »Dann eben nicht«, sagt Luisa laut, was Flack gehört hat und ihr nun den Koffer wieder hinausträgt. Er zeigt auf einen weiteren Laden, aber da gibt's nur Handtaschen, lauter teure Scheußlichkeiten, Luisa fühlt sich ein bisschen schlecht, sie braucht endlich ihren

Morgenkaffee und steuert auf eine Kaffeebar zu, Flack folgt mit dem Koffer.

»Sie reisen ohne Gepäck«, sagt sie beim Kaffeetrinken und zeigt auf Flacks Plastiktüte, »das könnte ich nicht.« Flack lacht, wieder sieht sie die weißen Zähne und wundert sich, er ist doch ein Raucher, und so jung ist er auch nicht mehr, vierzig oder drüber. »Ich will Sie nicht aufhalten«, sagt sie, und er sagt: »Das mache ich selber. Ich halte mich schon seit Jahren auf.« Jetzt flackert er. Kaum hat sie ihm gesagt, dass sie nach Genua fährt, versteht sie nicht, warum sie es ihm gesagt hat, wo es doch niemand wissen soll. Sie sagt, sobald sie den kaputten Koffer los sei, nehme sie den nächsten Zug.

Wäre die Avis-Autovermietung nicht grad neben der Kaffeebar gewesen, wäre erneut alles anders gekommen. Aber so hat Flack auf das Avis-Schild gezeigt und gesagt, mit einem Auto brauchte sie keinen Koffer zu ziehen. Und nun sitzt sie in einem Fiat Grande Punto. Und neben ihr sitzt Flack.

Autofahren, das kann sie, sie hat jahrelang Maya herumchauffiert, von Therapie zu Therapie, von Hoffnung zu Hoffnung, Maya im Rollstuhl, Maya im Unglück. Der dichte Verkehr auf der Tangenziale macht ihr nichts aus, Spur wechseln, hin und her, und hupen und fluchen und überholt werden, das gehört zum Spiel, Hauptsache, sie verpasst die Ausfahrt zur A7 nicht. Aber da ist ja noch Flack, er hilft suchen. Als sie bei Avis ihren Ausweis zeigen sollte, hat er gemerkt, dass sie zögerte, hat seinen Ausweis hervorgeholt, und nun weiß sie, wie er heißt, nämlich Hans Haller. Ihm sei egal, wo sie hinführen, sagte Hans Haller, als er ihren Koffer zum Auto trug, Genua sei okay.

Jetzt schaut er angespannt aus dem Fenster. Luisa sieht, dass er die Hände so stark ineinander verschränkt hat, dass die Fingernägel weiß sind. »Jetzt! Jetzt!«, ruft er. »Rechts, rechts!« Aber Luisa ist eingeklemmt in der mittleren Fahrspur, abbiegen geht nicht, der Verkehr spült sie mit Schwung an der Ausfahrt vorbei. »Das hätten Sie früher sagen müssen«, sagt Luisa. Flack hält sich die Hände vors Gesicht. »Und wohin fahren wir jetzt?«, fragt Luisa. »Nach Rom?« Flack verschränkt wieder die Hände. »Ja«, sagt er. »Das ist die nächste Ausfahrt. A1, Bologna-Firenze-Roma. Tut mir leid. Gen-au nach Gen-ua ist das leider nicht.« »Wie wär's mit Honolulu?«, sagt Luisa. Es war ganz klar ein Fehler, sich auf den seltsamen Menschen einzulassen.

Im Autostrada Caffè lässt sie sich das Essen schmecken und studiert dazu die Karte. Flack ist im Laden verschwunden. Sie könnte sich jetzt davonmachen, aber so rücksichtslos will sie nun doch nicht sein, sie wird ihn in der nächstbesten Stadt aussteigen lassen, Piacenza wäre eine Möglichkeit. Diese Misere bringt ihre ganze Strategie durcheinander, das ist zwar ärgerlich, denkt Luisa, aber für Alfreds Leben spielt es keine Rolle, einen halben Tag mehr oder weniger, das ist nun auch egal. Flack erscheint am Tisch und überreicht ihr ein Päckchen und streckt einen Fuß hoch. Er hat sich Turnschuhe gekauft, weiß-blau, aus Stoff. Luisa öffnet das Päckchen, es ist Piemonteser Torrone, die harte, klebrige Süßigkeit, die sie liebt, sich aber nie kauft, weil sie um ihre lockeren Zahnkronen bangt. Sie bedankt sich, worauf Flack darauf hinweist, die Pistazien im Torrone stammten aus Sizilien. Vielleicht hat er etwas wärmeren Dank erwartet. Sie holt sich die *Schweizer Illustrierte*, die auf einem Nebentisch liegen geblieben ist. Auf Klatschseiten finden sich oft erstaunliche Sätze. *Dann schloss er die Ehe mit Delia Dachwand, die jedoch bald in die Brüche ging.* Während Flack in großer Hast ein Sandwich isst, studiert sie wieder die Karte und sagt dann: »Bis Piacenza und nicht weiter.« Mit dieser Stimme hat sie früher bei Prüfungen zur Klasse gesagt: »Die Zeit ist um, Stift beiseite.« Flack blickt fragend und flackert leicht, dann zeigt er auf einen Punkt auf der Karte, er hat Mayonnaise am Finger, aber setzt ihn nicht ab. »Cremona soll sehr schön sein.« Meinetwegen, denkt Luisa und faltet die Karte zusammen. »Heißen Sie wirklich Asiul?«, fragt Flack. Also hat er im Hotel auf ihren Anmeldezettel geschaut. Ein bisschen fühlt sie sich geschmeichelt, dass er neugierig war. Seit langer Zeit ist niemand mehr neugierig auf sie. Sie hat sich eigentlich daran gewöhnt. »Ich heiße Luisa«, sagt sie und streckt ihm die Tasse entgegen. Er stößt mit dem Cola-Glas an. »Ich bin Hans«, sagt er, »oder Snah, verkehrt rum.«

Flack hat sich auch eine Tasche gekauft, passend zu den Turnschuhen, er trägt sie schräg über dem Rücken, jetzt sieht er eher wie ein Reisender aus und nicht mehr wie einer, der abgehauen ist. Dumm ist er nicht, denkt Luisa, er hat gleich gemerkt, wie Asiul zu lesen war, und dass bei Avis ein falscher Tarif verrechnet wurde. Er spricht gut Italienisch, zumindest klingt es so für Luisas

Ohren, eigentlich könnte er als Begleiter ganz passend sein. Trotzdem wird Luisa das Unbehagen nicht los, auch nicht die Verwunderung. Er sagt Dinge, die durchaus korrekt und gleichzeitig leicht sonderbar sind: »Ich halte mich schon seit Jahren auf«, hat er gesagt, oder: »Ich muss nirgendwohin, leider.« Der Verkehr ist jetzt weniger hektisch, Flack hat nicht mehr eng verschränkte Hände, Luisa fährt ganz entspannt, ist froh, dass die Blase nicht mehr drückt. »Was soll denn schön sein an Cremona«, fragt sie. »Die Piazza«, entgegnet Flack, »mit dem Dom und dem Torrazzo, das ist der größte Campanile von ganz Italien. Wenn ...« Flack bricht plötzlich ab. »Was ist?«, fragt Luisa, und Flack sagt: »Ich weiß nicht, ob ich siezen oder duzen soll.« »Duzen«, sagt Luisa und könnte sich auf die Zunge beißen, jetzt wird sie ihn noch schwerer los. »Wenn du dahin fahren möchtest«, fährt Flack fort, »kann ich dir alles über Stradivari erzählen, der hat da gelebt, und auch Amati und Guarneri.« Woher er das wisse, fragt Luisa und erfährt, dass Flacks Vater Geige spielte.

So viel ist inzwischen bekannt über Hans Haller alias Flack: Er hatte einen Vater, der Geige spielte, oder er hat noch immer einen Vater, der mal Geige gespielt hat. Er verfügt über einen offiziellen Ausweis und über eine Kreditkarte oder Bares. Er kann Italienisch, spricht Baseldeutsch, raucht, hat saubere Fingernägel und gewaschenes Haar und kein Gepäck außer einer neuen Tasche mit einem Paar alten Lederpantoffeln. So wenig ist bekannt über Hans Haller, und trotzdem biegt Luisa ab auf die A2, Richtung Cremona, warum soll sie nicht mal einen Blick auf Cremona werfen, wenn sie schon in der Nähe ist. Zwar kann sie es niemandem sagen, hört mal, Cremona ist wunderschön, ein Geheimtipp, da müsst ihr unbedingt mal hin, ist nur ein kurzer Abstecher zwischen Mailand und Bologna, ist die Geigenbauerstadt, Stradivari und so, und der Dom ist ganz einmalig. Nein, das kann sie niemandem sagen, denn eigentlich ist sie ja jetzt in Wien. Flack hat nichts gesagt, als sie abgezweigt ist, hat nur kurz zu ihr rübergeschaut, das ist ihr recht.

Einen Parkplatz haben sie rasch gefunden und sind gleich zur Piazza am Dom gelaufen. Es stimmt, denkt Luisa, so einen schönen Platz habe ich eigentlich noch nie gesehen, oder wenn, dann hab ich's vergessen. Es wurmt sie, dass sie ihre Verkleidung nicht abgelegt hat, auf diesem schönen Platz möchte auch sie schön sein, das knallblaue Kleid und der Tropenvogelhut würden in diese Großartigkeit passen. Sie schaut zu, wie Flack von zwei Japanerinnen die Kamera entgegennimmt und von ihnen Aufnahmen macht. Sie lächeln. Dann tritt Flack zwei Schritte zur Seite und wirft die Kamera in einen Abfalleimer.

Entsetzt stürzen sich die Japanerinnen auf den Abfalleimer, der Deckel scheint festgeschraubt, und sie stecken ihre kurzen Arme vergeblich in die Öffnung. Flack hat sich davongemacht, vermutlich ist er inzwischen im Dom. Ich hab's ja gewusst, denkt Luisa, etwas stimmt nicht mit dem.

Löwen tragen die Säulen des Eingangsportals auf ihren Rücken, das hätte Maya gefallen, früher, als sie noch Löwenbilder aus Zeitschriften ausschnitt und in ein Album klebte. Luisa schiebt in Gedanken Mayas Rollstuhl ins Innere, über das braun-schwarze Fliesenmuster, entlang den dunklen Pilastern mit den goldenen Kapitellen, lässt ihn dann unter einem seitlich einfallenden Lichtstrahl stehen und schaut sich um. Flack kann sie nirgendwo entdecken. Nun, das war's wohl, sie wird noch irgendwo etwas trinken und dann über Parma nach Genua fahren. Da hört sie einen leisen Pfiff, und in einem Beichtstuhl bewegt sich etwas, eine winkende Hand erscheint in der Fensteröffnung. Flack sitzt da, wo sonst der Priester sitzt, und deutet auf den Platz des Sünders, da soll sich Luisa niederlassen. Und sie tut es. Sie kniet sich auf das hölzerne Bänkchen hinter dem violetten Vorhang und späht hinaus. Niemand hat sie bemerkt, außer natürlich der Priester nebenan, den sie nun kichern hört, er lacht gedämpft, als hätte er ein Kissen vor dem Mund. Als vor dem Beichtstuhl gesenkten Kopfs eine murmelnde Nonne vorbeigeht, spürt auch Luisa ein unbändiges Gelächter in sich aufsteigen, das sie zu ersticken versucht, wie sie das damals als Mädchen in der Schulbank tat.

Später, bei Insalata Caprese und Bier, fragt sie Flack, warum er das gemacht hat. Die Fotos seien schlecht gewesen, sagt er, drum habe er die Kamera wegwerfen müssen. »Die Frauen waren nicht schön genug für den schönen Dom«, sagt er. Er wisse schon, dass man Kameras nicht wegwerfen dürfe, er habe seine Tat ja auch umgehend gebeichtet und sich auch gleich die Absolution erteilt. Also alles in Ordnung, er wisse nur noch nicht, was für eine Buße ihm gefiele. Bußen seien eigentlich nicht zum Gefallen da, wendet Luisa ein. »Doch«, sagt Flack. »Büßer sind Genießer.« Da ist es wieder, das Sonderbare, denkt Luisa. Er sondert es ab wie eine Ausscheidung. Ich verstehe es nicht. »Schmeckt dir der Salat?«, fragt sie. Flack nickt. Zum Schluss reibt er mit Brot den Teller sauber.

Luisa hat beschlossen, heute nicht mehr zu fahren. »Ich bleibe heute hier«, sagt sie. »Ich auch«, sagt Flack. Es ist, als hätte sie einen Hund, er weicht ihr nicht von der Seite. Sie reserviert ein Zimmer im Hotel Montina, Flack auch. Sie besichtigt die beiden berühmten Geigen im Rathaus, Flack auch. Sie steigt auf den Campanile, Flack auch. Sie hätte immer gern einen Hund gehabt, aber das ging nicht, zuerst der Arbeit wegen, dann wegen Maya. »Schönen Dank fürs Begleiten«, sagt Luisa und meint es ironisch. »Bitte«, sagt Flack mit großem Ernst. »Das ist die Buße, die ich mir auferlegt habe.« Was für ein Kompliment, denkt Luisa, was für ein Spinner.

Vor der Auslage eines Gemüseladens bleibt sie lange stehen, so eine farbige Fülle findet man nur in Italien, sogar späte Nespole gibt es da. »Kennst du die?«, fragt sie, und das Du geht ihr inzwischen ganz leicht über die Lippen. Flack schüttelt den Kopf. »Dann kaufen wir ein Pfund.« Sie sollte noch Limetten und Koriander besorgen für Alfreds Vindaloo-Curry, vielleicht auch zwei Süßkartoffeln, will aber nicht an Genua denken, nimmt lieber die größte aller Tomaten sorgsam in beide Hände, eine *Cuore di bue*, bestimmt fünfhundert Gramm schwer. Der Händler beachtet sie nicht, er bedient zwei Frauen, die nach ihr an der Reihe wären. Weil sie so etwas schlecht erträgt, aber nicht weiß, wie sie auf Italienisch schimpfen könnte, legt sie die Tomate ab, dreht sich abrupt um und geht. Flack folgt in einigem Abstand. Sie steuert auf einen Tisch im nächsten Ristorante zu. Ein schöner Rotwein wird ihre Laune rasch bessern. Zum Essen ist es zwar noch zu früh, egal, es war ein anstrengender Tag. Sie sitzen in der sanften Wärme der Abendsonne, die Mauern und Dächer wirken wie beleuchtete Kulissen. Luisa blickt zum Campanile, der ragt in einen glühgelben Himmel. Plötzlich liegt eine Nespola vor ihr auf dem Tisch, gelb wie vom Himmel gefallen. Luisa sieht gerade noch, wie Flacks Hand in seiner Jackentasche verschwindet. Hin und her geht die Hand, von Tasche zu Tisch, bis fünf Nespole vor Luisa liegen. Dann greift die linke Hand in die linke Tasche und holt nochmals fünf Stück hervor. »Ist das ein Pfund«, fragt Flack, »so ungefähr?« »Geklaut?«, fragt sie und spürt das Lachen kommen wie vorhin im Beichtstuhl. »Nein, ausgeliehen«, sagt er, »gebührenfrei.«

An der neoklassischen Fassade der Chiesa Sant'Agata wäre Luisa wohl vorbeigegangen, aber Flack bleibt stehen und lauscht. Die Orgel ist zu hören. Sie gehen die paar Stufen hoch und treten ein. Zwei Kirchen an einem Tag, das ist für Luisa ungewöhnlich, seit Jahren hat sie Kirchen gemieden. Sie befingert die Kerne der Nespole in ihrer Hosentasche, sie sind glatt und kühl wie Kieselsteine, vielleicht wird sie sie zu Hause in Töpfe pflanzen. Zu Hause, das ist so weit weg wie der Südpol. Einer Broschüre beim Eingang ist zu entnehmen, dass man der jungfräulich bleiben wollenden Agata die Brüste abgeschnitten hat und dass sie deswegen eine Heilige wurde. Auf einem Bild trägt sie einen Teller mit zwei Brüstchen drauf. Flack hat gleich weggesehen und sich zu einem Rundgang aufgemacht, Luisa setzt sich und schließt die Augen und denkt an Silvan, er mochte Orgelkonzerte. Der Organist übt, so viel hört auch Luisas ungeschultes Ohr, schön ist es trotzdem. Als sie die Augen öffnet, sieht sie, dass Flack vor einem Gemälde haltmacht und dann plötzlich hinauseilt.

Nun ja, es ist ein widerliches Gemälde, es zeigt, wie ein Folterknecht mit einer Zange Agatas Brust gepackt hat. Luisa nimmt an, dass Flack jetzt flackert. Sie wird ihm draußen sagen, dass sie das Bild auch scheußlich findet. Aber Flack ist nicht draußen, weit und breit kein Flack.

Auf einmal hat sie bleischwere Beine. Sie holt im Auto den kaputten Koffer und schleppt ihn ins Hotel. Es ist Zeit, Mirjam anzurufen.

6

Murmeltier mit Maisbrei

Es war Mirjam, die sich weigerte, ein weiteres Mal in den Ferien nach Flüelen zu fahren. »Ich will nicht«, sagte sie. »Nie mehr.« Da war sie sieben. Sie bleibe zu Hause, bei Alf. Die Mädchen nannten Alfred seit Kurzem Alf, Maya hatte das eingeführt, und Alfred gefiel es. Mirjam zu Hause lassen, das ging nicht. Alfred blieb ganze Abende weg, stand oft erst gegen Mittag auf, und wenn er gerade eine Affäre hatte oder sich eine erhoffte, tauchte er gar nicht auf. Sie könnten ein kleines Ruderboot mieten, sagte Luisa, Mirjam würde rudern lernen und auch schnorcheln. Mirjam schüttelte nur den Kopf. Mit Mayas Hilfe fand Luisa heraus, dass der Nachbarjunge von Haus Enzian der Grund für Mirjams Weigerung war. Etwas musste mit diesem Aloisi vorgefallen sein, im Obstkeller oder hinter den Kaninchenställen. Aber Mirjam schwieg. Sie lief weg, wenn Luisa auf – wie sie meinte – raffinierten Umwegen darauf zu sprechen kam.

Für Luisa aber war die Flucht nach Flüelen dringend, sie hielt Alfred nicht länger aus, es gab Zeiten des Ertragens und Zeiten des Verzweifelns, und jener Sommer, als Mirjam sieben war, war eine Zeit des Verzweifelns. Mirjam schütteln half nichts, Luisa musste eine andere

Lösung finden. Es war bereits die zweite Ferienwoche um, da erschien die Yaya mit der wunderbaren Mitteilung: »Ich wüsste was für euch.« Von den seltsamen Frauen aus der Hexenrunde, wie die Yaya ihren neuen Bekanntenkreis nannte, vermietete eine ihre kleine Hütte in den Glarner Bergen und verlangte nichts dafür, außer dass man jeden Abend ein bisschen Wacholder im Ofen verbrannte. Das sollte die guten Geister bei Laune halten. Luisa packte noch am gleichen Tag.

Von der Postauto-Endstation hatten sie eine Stunde zu gehen. Es regnete so, dass das Papier mit der Wegskizze völlig durchweicht wurde, auch das Mehl und die Haferflocken und der Reis, alles, was Luisa in den beiden großen Taschen mitschleppte. Mirjam lachte, Maya jammerte, ihre Gummistiefel waren zu klein. Für eine Weile fanden sie Schutz unter einem überhängenden Felsstück, als dann aber der Wind drehte und der Regen auch in den kleinen Unterstand sprühte, fing Luisa an zu weinen, lautlos zwar, aber Maya sah es und schaute weg. Was half, war, dass sie Kuhglocken hörten, zwar weit weg und manchmal vom Wind wieder weggewischt. Luisa packte die Taschen, hieß die Mädchen suchend vorausgehen, vorbei an einem Alpgehöft und einem kläffenden Appenzellerhund. Mirjam sah die Hütte als Erste, sie klebte oben am Hang wie eine braune Briefmarke auf grünem Papier.

Es begann die schönste Zeit in Luisas Leben.

Sie blieb ein Kleinod in einem Haufen von grauen Jahren.

Die Erinnerung daran konnte sie jederzeit hervorholen, indem sie über den Knubbel unterhalb des rechten Knies strich. Dort hatte sich am ersten Tag ein Stückchen hartes Gras in die Haut gebohrt und für immer verkapselt.

Der Regen hörte auf, als sie vor der Hütte standen. Sie keuchten alle drei, vom Aufstieg und von der Aufregung, als sie den Schlüssel im angegebenen Versteck fanden. Zwei Fenster hatte die Hütte und Läden, die man aufstoßen konnte, sie war trocken und freundlich, und die Mädchen richteten sich umgehend ihre Schlafecke ein. Es gab drei Matratzen und drei Wolldecken, einen Tisch, einen Holzofen und einen Wasserhahn im Freien, und Alfred war sehr weit weg. Luisa breitete die feuchten Lebensmittel auf dem Tisch zum Trocknen aus, am nächsten Tag wollte sie Brot in der Pfanne backen. Sie fand den Spaten und machte sich auf, wie man es ihr beschrieben hatte, zwischen den Ahornbäumen auf der Rückseite eine kleine Grube auszuheben.

Maya weihte das Kackloch ein.

Nachts stand Luisa auf, ging hinaus zu den Ahornbäumen und setzte sich dann auf die Bank vor der Hütte. Schon lange hatte sie nicht mehr so viele Sterne gesehen, da hatte jemand in die Dunkelbläue ein paar Packungen Grieß gestreut. Luisa spürte so etwas wie Andacht. Eine Schnuppe fiel, jetzt reicht es aber, dachte Luisa, sonst wird es Kitsch. Im Tal glommen ein paar Lichter, und unten im Gehöft, auf Bärtschis Alp, bewegte sich eine Lampe, vielleicht ging jemand zum Stall. Luisa blieb sitzen, bis sie fror, dann schlüpfte sie unter die Wolldecke und hörte noch lange das aufgeregte Jammern eines Vogels.

Dass sich hier einer erhängt hatte, in den Ahornbäumen, erfuhr Luisa erst, als sie nach zwei Wochen wieder ins Tal fuhren. »Ein Gestörter«, sagte der Senn, »hat sich vorher geschminkt.« Die Bäuerin hatte ihn gefunden. Dann wollte sie die Hütte umgehend loswerden und verkaufte sie der Frau aus der Stadt. Ein Inserat in der »Tierwelt«, und weg war Bärtschis Alpli. »Schade«, sagte der Senn. Das Bild des baumelnden Toten in den Bäumen störte Luisa nicht, warf keinen Schatten auf den Frieden der vergangenen Tage und Nächte. Der blieb und glänzte.

Zum Frühstück rührten sie Hafer und Zucker mit Wasser an, dann liefen sie bergab zum Gehöft, um zu sehen, ob es etwas zu kaufen gab. Milch vielleicht, Butter. Maya sang beim Laufen.

Seit der Stunde mit der Sternschnuppe und dem jammernden Kauz hatte Luisa eine neues Bewusstsein: nicht schuldig. So wie Klaras Rollstuhl im Kinderbuch »Heidi« war ihre Schuld frühmorgens bergab gerollt und auf den Felsen zerschellt. Luisa lernte ohne Schuld laufen, sie lernte es rasch. Weg mit Alfreds Vorwürfen, sie habe sein Leben verspießert. Weg mit den Vorwürfen der Mädchen, sie jage sie in den Hort. Weg mit den Vorwürfen der Yaya, sie sei zu ihrer Mutter so kühl. Weg mit den Vorwürfen des Rektors, sie habe sich nicht an den Lehrplan gehalten. Weg mit Silvans Vorwürfen, er wisse nichts von ihr. Weg mit ihren eigenen Vorwürfen, sie sei zu hastig, zu eitel, zu ehrgeizig. Sie, Luisa, war nun mal, wie sie war, und wenn sie nicht gefiel, dann halt. Sie tat, was sie konnte, und wenn es nicht genug war, dann halt. Die Schnuppe fiel, der Kauz klagte, der Ahorn rauschte, die Matratze roch, das Leben war. Und nichts und niemand fragte nach Schuld. So war das hier oben. Luisa lief beschwingt, als hätte sie endlich Beine.

Drei Leute lebten den Sommer über im Gehöft, die Tochter des Bauern und zwei Männer, die beim Sömmern und Käsen halfen, ein Schweizer und ein Kroate. Luisa fragte sich, ob die Tochter mit einem der Männer etwas hatte, oder mit beiden. Marietheres hieß sie, hatte einen schwermütigen Blick, schweres Haar, einen schweren Schritt. Sie schien sich über das Erscheinen von Luisa und den Kindern zu freuen, zeigte ihnen die Jungtiere, Lämmer, Schweinchen. Und Katzen, die waren erst so groß, dass sie grad mal eine Hand füllten. Der Hund bellte nicht mehr. Übermorgen würden sie mähen, dann sei die Nässe weggetrocknet, sagte Marietheres, dann kämen sie von unten mit dem Motormäher. Wenn sie wollten, könnten sie auch helfen, Luisa und die Kinder, antreten um sechs Uhr früh, vor der Hitze.

Mit Milch, Butter, Käse, Eiern und einem Kessel stiegen die drei wieder hoch, der Hund kam ein Stück mit. Danach gingen sie Heidelbeeren sammeln, Marietheres hatte ihnen gesagt, wo. Mirjam und Maya stritten sich, wer den Kessel tragen dürfe. Es war warm, ja heiß, und es sollte kein Tropfen Regen mehr fallen in ihrer Zeit auf Bärtschis Alpli.

Luisa hielt die flache Hand dicht über einen Ameisenhaufen, dann streckte sie sie den Kindern unter die Nase. Sie roch so stark nach Ameisensäure, dass Mirjam angewidert aufschrie, dann beugte sich Maya ebenfalls über den Haufen, bis ihr die Ameisen unter das Kleid krabbelten. Das mit der Ameisensäure hatte Luisa auf einem Fahrradausflug von ihrem Vater gelernt. Die Fahrradausflüge waren das Aufregendste gewesen, was das Kind Luisa erlebt hatte, da hatte sie gespürt, dass Vater und Mutter nicht so korrekt waren, wie sie sich tagtäglich gaben. Sie fuhren über verbotene Wege, holten sich Äpfel und Pflaumen, und einmal überfuhr Vater ein Huhn und nahm es mit für eine Suppe. Doch diese Ausflüge waren selten und der Alltag dazwischen grau. Vater verschwand jeweils am Morgen in seinen Laden für Küchengeräte und versenkte sich am Abend in seine Sammlung von Flaschenetiketten. An den Wochenenden wurde irgendetwas gereinigt oder aufgeräumt, die Garage, der Vorplatz, der Werkzeugschrank. Luisa tat, was man von ihr verlangte, was meist etwas Langweiliges war. Sie hatte nichts dagegen. Sie war wie eine dieser Kartonfiguren, der man passende Papierkleider ausschnitt und umlegte. Luisa trug alles ohne Murren. Es war eine matt beleuchtete, unbunte Kindheit, Freuden wurden abgezählt wie Vitamin-D-Tropfen, Ängste wurden weggeschwiegen, und wenn Vater und Mutter stritten, dann nur halblaut, aus Rücksicht auf Luisa.

Luisa legte sich zwischen die Heidelbeerbüsche, Maya suchte sich einen Tümpel, um die Ameisenhand zu säubern, Mirjam hatte bereits einen blauen Heidelbeermund, eine blaue Höhle, wenn sie lachte. Manchmal hörte man sie auch lachen, wenn sie allein war. Dass wir hier sind, wo es schön ist, das ist mein Verdienst, schien sie zu sagen, wegen mir seid ihr nicht im dunklen Flüelen, wo in allen Winkeln etwas lauert. Sie lachte auch, als sie stürzte und sich das Knie blutig schlug, es macht nichts, hier zu stürzen, wo es schön ist, schien sie zu sagen. Seid ihr nicht froh, dass ihr hier seid, wo es keine Aloisis gibt? Luisa küsste das kleine Knie, das war eine deutliche Antwort. Auch Maya zeigte ihre Zufriedenheit, indem sie, ohne zu schimpfen, die gemeinsamen Heidelbeeren vom Boden aufklaubte, die Mirjam bei ihrem Sturz verschüttet hatte.

Die Beeren gab's mit viel geschlagenem Rahm zum Abendessen, sie füllten sich die Bäuche, schoben beim Eindunkeln die drei Matratzen aneinander und schliefen bald ein, drei satte Wesen in einer der besten Mulden der Welt. Luisa wachte nachts auf und erinnerte sich, dass sie noch keinen Wacholder verbrannt hatte. Sie stand auf, tat, was verlangt war, grüßte die guten Geister und fiel sofort wieder in einen tiefen Schlaf.

Alfred war nicht gänzlich abwesend, er lehnte die ganze Zeit in Form eines Rucksacks in der Ecke. Es war der Rucksack, der mit Alfred ans Nordkap gereist war, ein Riesending mit einem robusten Metallgestell und aufgenähten Abzeichen. Er hatte Luisa den Rucksack wie einen Luxuswagen übergeben: Mach keinen Kratzer, ich bitte dich drum. Alfred verstand es, eine ungeheure Wichtigkeit zu verströmen, auch wenn gar kein Grund zur Wichtigkeit vorhanden war. Bevor der großartige Eindruck auf sein Gegenüber schwand, wandte er sich rechtzeitig jemand anderem zu. Luisas anfängliche Bewunderung für Alfred war irgendwann verloren gegangen, und doch fiel sie immer mal wieder auf sein Gehabe rein. Dann war sie sauer auf ihn und auf sich genauso. Sie half sich mit einer Rolle, in die sie schlüpfte, sobald der Familienschwank ins Stocken geriet: Sie spielte die Beeindruckte, und es kümmerte sie nicht, ob Alfred ihr glaubte oder nicht. Die Einzige, die Alfred von Anfang an ins Gesicht lachte, war die Yaya.

Einen weiteren Kessel voller Heidelbeeren wollten sie der Marietheres bringen. »Am Nachmittag«, sagte Luisa. »Nein, jetzt«, sagte Maya. Sie komme, sobald sie den Brotteig gemacht habe, sagte Luisa, und Mirjam sagte, sie brauche nicht mitzukommen, sie und Maya gingen auch ohne sie. Luisa erschrak. Sie wurde nicht gebraucht, und das war neu. »Passt aufeinander auf«, sagte sie, worauf Maya wie Mirjam sie strafend anschauten, sich aber artig die Sonnenhüte aufsetzen ließen und umgehend verschwanden.

Luisa knetete den Teig und wusste nicht, sollte sie beleidigt sein, dass die Kinder ohne sie gegangen waren. Sie machte Wasser warm und wusch sich dann draußen mit einem Schwamm nackt in der Sonne, tauchte den Kopf ins Becken, inspizierte sich und fand sich ausreichend schön. Sie stellte sich vor, eine Gruppe von Berggängern wandere an ihr vorbei, und sie ließ sich von jedem eingehend betrachten. Nur ungern zog sie die Kleider wieder an.

Sie lief ein Stück bergab bis zur Wiese, von der man das Gehöft und die Weiden überblickte, setzte sich in eine Kuhle im Schatten und spähte. Haus und Stall schienen spielzeuggroß, der Brunnen und die Milchkannen wie Puppenstubenmobiliar, ein Fähnchen steckte im Boden, der Hund schien geschnitzt, er lag ruhig da. Plötzlich flitzte etwas über den Platz, ein Spielzeughuhn, und ein Püppchen kam hinterhergerannt, ein Püppchen mit rotem Hut, Mirjam. Lange blieb Luisa in ihrer Kuhle sitzen und sah sich das Spielzeugleben an, die Figürchen, welche kleine Kühe hinter sich herzogen oder in den Brunnen stiegen oder kleine Wäscheläppchen aufhängten. Es war weit weg, dieses Leben, und es lief wie am Schnürchen, ohne Luisas Zutun.

»Da gehen wir jetzt jeden Tag hin«, sagten die Kinder am Abend.

In der Nacht vor dem Heuen schlief Luisa kaum, weil sie Angst hatte, nicht rechtzeitig aufzuwachen, und weil immer wieder der Kauz rief. Wenn er rufe, sterbe jemand, hieß es früher, zu Recht, dachte sie, denn irgendwo starb immer jemand. Luisa stellte sich von ihren Leuten einen nach dem andern gestorben vor und malte sich den jeweiligen Grad ihrer Trauer und die sich verändernden Umstände aus. Alfred starb. Die Yaya starb. Silvan starb. Als Maya und Mirjam starben, weinte Luisa so heftig, dass sie aufstehen musste, um den vielen Rotz wegzuschnäuzen. Erneut war der Himmel über und über mit Sternen gezuckert, er war tiefblau in der Kuppel und franste grünlich über den Bergkämmen aus. Luisa legte sich wieder hin mit dem Vorsatz, nicht mehr auf den Kauz zu hören, sondern nur noch an Silvan zu denken, wie er an einem stillen Morgen bedächtigen Schritts den Hang hochkam, wie seine große Gestalt sich bückend durch die Tür trat und es dunkler wurde in der Hütte, wie sie im Dunkeln sein Lächeln erst sah, als er dicht vor ihr stand, um sie zu umarmen. Wie sie ihn in die Waldlichtung führte, auf den kleinen Grasplatz, wo gelber Eisenhut wuchs, und sie sich hinlegten und erst mal still auf dem Rücken lagen. In diesem Moment musste Luisa eingeschlafen sein, und sie erwachte erst, als Maya an ihr rüttelte. »Steh auf, steh auf, sonst kommen wir zu spät.«

An zwei steilen Hängen stand das Gras hoch, das sollte geschnitten werden, zwei Mäher aus dem Dorf dengelten die Sensen, Marietheres reichte die Kaffeekanne herum. Es war kühl in der Frühe, Luisa sah, wie Maya und Mirjam im warmen Stall verschwanden. Was der Kroate sagte, schienen Flüche zu sein, der Motormäher sprang nicht an, wieder und wieder nicht. Marietheres beugte sich mit dem Kroaten über den Motor und legte die Hand auf dessen Schulter. Der ist es also, dachte Luisa, ob das nach dem Alpsommer vorbei ist? Sie trat in den Stall, wo der zweite von Marietheres' Männern am Melken war. Die Kühe machten verschiedene Geräusche, wie man die nannte, wusste Luisa nicht, eines klang ein bisschen wie Stöhnen, es roch angenehm süß nach Schlaf und frischem Mist. Dann sprang Luisa zur Seite, weil eine Kuh pisste, es dampfte, der Melker lachte. Von Maya und Mirjam war nichts zu sehen. Später tauchten sie auf mit vier Hühnereiern in einer Kartonschachtel, sie benahmen sich so, als seien sie hier zu Hause. Als Luisa wieder ins Freie trat, ergoss sich das Morgenlicht wie ein rotgoldener Sturzbach über Haus und Hänge, die Mäher stiegen hoch und fingen ihre Arbeit an, und Marietheres teilte Gabeln und Rechen aus.

Am Tag danach hatte Mirjam eine sonnenverbrannte Nase und war leicht fiebrig, Maya hatte stundenlang ein nervöses Niesen und geschwollene Lider, aber sie beklagten sich nicht. Sie würden den Heutag nicht vergessen, sagten sie, besonders das Abendessen. Marietheres hatte sie eingeladen, Dado, der Kroate, habe gekocht, und wer erraten könne, was sie essen, gewinne einen ganzen Käse. Es gab Maisbrei und dazu Fleisch an sehr viel Soße. Es schmeckte, aber was es war, fanden sie nicht heraus. »Ist es Katze?«, fragte Luisa schließlich, und die Kinder schrien empört auf. »Es ist Murmeltier«, sagte Dado, und Luisa wunderte sich, dass die Kinder nicht erneut aufschrien. Marietheres legte dem Kroaten wieder die Hand auf die Schulter und ließ sie über seinen Rücken gleiten. Man entferne Kopf und Pfoten, sagte sie, und alles Fett sowie die Drüsen unter den Achselhöhlen, dann werde das Fleisch drei Tage lang in Milchwasser eingelegt. »Was sind Drüsen?«, fragte Mirjam auf dem Heimweg und ließ das Taschenlampenlicht zickzack über den Pfad flackern. »Haben wir das auch?«, fragte Maya und griff sich in die kleine Achselhöhle. Luisa murmelte eine vage Antwort und ärgerte sich, wie wenig sie wusste. »Übrigens heißt das Murmeltier nicht so, weil es murmelt«, sagte sie, und als Maya fragte, warum dann, wusste sie auch das nicht.

Tag um Tag war es warm, war es gut. Luisa stieg mit Alfreds Rucksack hinab ins Dorf, grüßte, kaufte ein, besah sich den Friedhof. Manchmal sah sie etwas, das sie den Kindern hätte zeigen wollen, aber die waren meistens bei Marietheres, Dado und Res, so hieß der andere.

Mirjam hatte entdeckt, dass ein Schweinchen ein blaues und ein grünes Auge hatte. Und Maya kümmerte sich um ein Huhn, auf das die anderen einhackten. Sie halfen den Stall fegen, Joghurt machen und den Schweinetrog füllen. Nein, sie seien ihr nicht im Weg, sagte Marietheres, so zwei hätte sie auch mal gern. Dann mach doch, dachte Luisa, nimm dir den Dado und los. Aber von Maya erfuhr sie, dass der Dado im Herbst in seine Heimat zurückfahre und dass der Res eine Verlobte habe, die arbeite in der Dorfwirtschaft. Von Maya erfuhr Luisa auch, was alles in einem Kuhfladen lebe, nämlich Fliegenlarven und Dungkäfer in den warmen Fladen, hingegen Ohrwürmer und Tausendfüßler in den trockenen Fladen. Und Mirjam brachte ihr bei, dass eine Kuh am Tag etwa zwölfmal zwei Kilogramm scheiße. Einmal hörten sie abends einen Betruf, das musste der Res sein, Maya fand's schön und Mirjam traurig. Und wenn Luisa allein war, lernte sie das helle und dumpfe Gewimmel der Glocken unterscheiden, solange die Kühe ruhten, waren die Klänge spärlich, wenn sie wiederkäuten, schlug der Klöppel nur leise an.

Das Gras nass von Morgentau, über dem Tal eine Dunstschicht und das rasche Verschwinden der Flugzeugspuren am Himmel, das alles versprach einen makellosen sommerlichen Tag. Maya und Mirjam waren auf dem Weg zu Marietheres, die hatte taube Hände vom Melken, und die Kinder sollten für sie das Gemüsebeet jäten. Merkwürdig, dachte Luisa, dass ihnen das Jäten wichtiger ist als der Blaubeerauflauf, den ich ihnen versprochen habe. Trotzdem nahm sie den Kessel, um die

Beeren schon mal zu holen. Sie trat vor die Hütte, und da sah sie die Gestalt den Berg hochkommen, so wie sie es sich ausgemalt hatte, bedächtigen Schritts, Silvan. Als er aufsah, fing sie an zu knistern wie ein elektrisch geladener Zaun. Rasch blickte sie an sich herunter, ihr Kleid war frisch gewaschen, noch feucht. Sie rührte sich nicht, bis er vor ihr stand und die Hände hob, nicht zur Umarmung, zur Entschuldigung. Entschuldige, dass ich dich gefunden habe. »Silvan«, sagte sie, es kam krächzend heraus. Er habe sie zu Hause aufgesucht und die Yaya getroffen, die habe ihm gesagt, wo ihre Luisa zu finden sei. Er zeigte auf die Bergkulisse, das sei doch mal was anderes als das Zimmer B8, das werde er zeichnen. Er zog das Skizzenbuch aus dem Rucksack, aber er zeichnete nicht die Kulisse, sondern Luisa auf der Bank, sie hielt die Hände verschränkt, weil sie zitterte. »Schau mich an«, sagte er, »bitte.« Sie versenkte sich in seine grauen Augen und fragte sich, ob seine Frau einmal würde wissen wollen, wer das war, die da, in seinem Skizzenbuch. Einmal stand er auf, um am Brunnen zu trinken, Luisa sah zu, wie er sich das herausgerutschte Hemd in die Hose stopfte, das machte sie ganz schwach vor Liebe. Als sie nebeneinander auf dem Wiesenstück lagen, wo der gelbe Eisenhut wuchs, kam von weit her ein Knattern, wurde laut, und ein Helikopter mit einer Kuh am Seil flog über sie hinweg. Dass sie am Seil hing und nicht in ein Netz gepackt war, hieß, dass sie tot war.

Das war der Sommer, bevor Silvan seine Diagnose bekam und ein Dreivierteljahr später starb.

7

Den Mut vollpumpen

Luisa ist viel zu früh zu Bett gegangen, vor dem Hotel Montina ist bis weit über Mitternacht der Teufel los, Gelächter, knallende Autotüren, aufheulende Mopeds. Eine Zeit lang stellt sie sich ans Fenster, schaut hinunter auf die Flaneure, wirft mit Nespole-Kernen auf sie, aber sie scheint nicht zu treffen. Auch das Telefongespräch mit Mirjam lässt sie nicht schlafen, sie hat zu schlecht gelogen, hat gesagt, Wien sei reizend, so was Blödes. »Diese Kaffeehäuser«, hat sie gesagt, »würden dir gefallen«, und als Mirjam fragte, warum, fiel ihr überhaupt nichts ein. Mayas Heim habe angerufen, sagte Mirjam, Maya brauche eine neue Strickjacke, sie weine, wenn sie ihr die alte rote anziehen wollten, möglicherweise habe sie neuerdings etwas gegen Rot. »Wie geht's denn dir?«, fragte Luisa. »Alles bestens«, sagte Mirjam, und das klang, als würde sie gerade eben erwürgt.

Maya hat nichts gegen Rot, Maya liebt Rot, Luisa weiß das. Mayas Weinen muss einen anderen Grund haben, und Maya kann ihn nicht formulieren, und sie, Luisa, steckt hilflos in diesem Cremona.

Beim Frühstück schreibt sie die Sätze auf, die sie nachts in der *Frankfurter Allgemeinen* gefunden hat.

Mit einem feinen Lächeln im Gesicht hat er sich verabschiedet.

In der Galerie Koller kommt die wittgensteinsche Porzellansammlung unter den Hammer.

»Schöner Tag heute«, sagt Flack, als er beim Frühstück an ihren Tisch tritt. »Ist hier noch frei?« Er stellt einen Teller mit zwei runden Milchbrötchen vor sie hin. Die Brötchen haben oben je eine Rosine wie eine Brustwarze. Luisa weiß gleich, was damit gemeint ist, das sind die abgezwackten Brüste der heiligen Agata. »Bitte«, sagt sie und zeigt auf den freien Stuhl. »Gut geschlafen?« »Man hat es mir untersagt.« »Wer?« »Ach, egal.« Flack holt sich vom Büfett einen Joghurt und eine Schale mit Knusperflocken. Bevor er sich setzt, schaut er unter den Stuhl.

»Das Knuspergeräusch bei diesen Flocken ist angenehm deutlich, lauter als jedes Flüstern. Was schreiben Sie denn da, ein Reisetagebuch?« »Ich dachte, wir duzen uns«, sagt Luisa. Sie schiebt das rote Heft über den Tisch. Sie hat es noch nie jemandem gezeigt. Dass sie es ausgerechnet diesen seltsamen Fremdling sehen lässt, wundert, sie. »Schön«, sagt Flack, »das Porzellan unterm Hammer. Und das Lächeln im Gesicht. Wo es doch nirgendwo anders sein kann, das Lächeln, nicht im Knie, nicht in der Achselhöhle.« Er hat es kapiert, denkt Luisa erfreut, und der Fremdling ist ihr ganz plötzlich nicht mehr so fremd. »Ich sammle Sätze«, sagt sie, »aus Zeitungen.« Und Flack sagt, das Beste an Sätzen sei der Punkt als Zeichen der Endlichkeit, und hört dann in sich hinein, auf das Knusperflockengeräusch zwischen seinen Kiefern.

Flack hat Luisas Koffer ergriffen und sich ganz selbstverständlich wieder in ihr Auto gesetzt. Dort schließt er die Augen, er sieht müde aus. »Wer hat dir untersagt, zu schlafen?« »Das Flüsterweib.« »Und warum?« »Es sagt, wenn ich schlafe, kommen sie und schneiden mir etwas ab.« »Was?« »Was wohl.« Luisa dreht den Zündschlüssel. »Fährst du jetzt nach Genua?«, fragt Flack mit geschlossenen Augen. »Wenn es mir gelingt«, sagt Luisa. Jetzt, genau jetzt, denkt sie, müsste ich ihn bitten auszusteigen, aber da rollt das Auto schon an. Es rollt durch die Innenstadt, und auf dem Nebensitz hat sie einen, der spinnt. Sie verpasst die Ausfahrt zur Autostrada, verfährt sich völlig in einem Industriequartier, verwünscht Flack und das Auto und ganz Italien und verschwitzt die schöne Bluse, die sie am Morgen angezogen hat, die hellgraue mit den grünen Schneckenhäuschen. Sie hätte besser ihre öde Verkleidung anbehalten. Wie durch ein Wunder tut sich plötzlich eine grüne Weite auf, sie hat die Stadt abgeworfen und befindet sich zwischen einem Mais- und einem Zuckerrübenfeld. Erschöpft hält sie an, stellt den Motor ab, und Flack fragt: »Ist was?« »Wir sind immer noch in Sankt-Agata-Land, schlaf also besser nicht ein, sonst schneiden sie dir etwas ab.« Flack lacht, und sie sieht wieder, wie weiß und gesund seine Zähne sind, sie möchte ihn gerne fragen, wer er eigentlich ist und was er für einen Beruf hat und warum er nur mit einer Plastiktüte nach Italien gereist ist. Bist du irgendwo abgehauen?, könnte sie fragen. Aber dazu ist es wohl zu früh. Und überhaupt, er weiß von ihr ja auch nichts, schon gar nicht, dass sie unterwegs ist, um ihren langjährigen Alfred umzubringen, das dunkle Kneiftier ihres Lebens.

Sie fahren über kleine Straßen, ungeteert, unbeschildert, an einem niederen, langen fensterlosen Gebäude vorbei, »Schweineknast«, sagt Flack, kommen zu einer Fahrverbotstafel und fahren trotzdem weiter, und Luisa sucht eine Möglichkeit, umzukehren, doch zu beiden Seiten sind Zäune. »Genua direkt«, sagt Flack. Die Straße wird holprig und hört plötzlich ganz auf.

Zwischen den Bäumen glitzert etwas, das muss Wasser sein. Flack zieht die Schuhe aus und rennt auf die Bäume zu, Luisa tut es ihm nach, das Wasser ist der Po. Breit, still und träge bewegt er sich an einer Sandbank vorbei, und wären da nicht einige gigantische Elektromasten anstelle von Giraffenhälsen, dann könnten sie irgendwo in Afrika sein. Flack wirft sich auf den Sand. »Am Po schneiden sie gerne Pobacken ab«, sagt Luisa, und wieder lacht Flack, es ist ein angenehmes Lachen, es steckt an.

Luisa lacht in sich hinein: Es ist schön in Wien.

Der Sand ist oben warm und in Fingertiefe kühl. Luisa legt sich hin, Arme und Beine weit ausgestreckt, kommt her, Kormorane, schnappt mich. Kleine Flugzeuge dröhnen, satt getankte Himmelsinsekten. Kaum schließt Luisa die Augen, eilt der nicht geschlafne Schlaf herbei und will endlich sein Recht. Sie erwacht, als sie Stimmen hört, hebt den Kopf und erblickt die jungen Mädchen mit den Fahrrädern, nun ist es vorbei mit der Ruhe. Flack liegt nicht mehr an seinem Platz. Mit dem Auto kann er nicht abgehauen sein, Luisa spürt den Autoschlüssel in ihrer Hosentasche. Als die Mädchen kreischen, sieht Luisa, wie Flack nackt aus dem Fluss steigt und mit ausgebreiteten Armen auf die Mädchen zuschreitet, die packen ihre Räder und machen sich davon. Flack rennt ihnen nach, mit den Armen wie mit Flügeln schlagend, dreht bei den Bäumen um und kehrt flügelschlagend ins Wasser zurück.

Als er bei Luisas Platz auftaucht, ist er angezogen. Mit dem nassen Haar wirkt er wie ein Junge. Er setzt sich im Schneidersitz neben sie, er sieht so aus, als hätte er gesagt: Jetzt frag mich aus.

Sie fragt nicht. Später, denkt sie.

Auf der Autostrada Richtung Parma sagt Flack, er esse niemals Schwein, überhaupt kein Fleisch, Fleischproduktion sei Quälerei, er wisse, wie es sei, eingesperrt zu sein. Er sagt es ausgerechnet dann, als sich Luisa ausmalt, was sie zum Mittag bestellen will: *Prosciutto crudo* mit Melone. Jetzt hat er es ihr verleidet. »Eingesperrt?«, fragt sie. »Wo?« »Klapsmühle«, sagt er. Danach sind beide lange still. Sie fahren Richtung Parma, weil Luisa beschlossen hat, sich über Cinque Terre ihrem Ziel zu nähern, das ist zwar ein Umweg, aber Verzögerung ist ihr recht. Sie muss ihren Mut wieder vollpumpen, er fühlt sich etwas schlapp an.

Sie hätte gern hinter sich, was sie vorhat.

Wenn schon Fleisch, sagt Flack, müsste man auch Mensch essen, konsequenterweise. Es gebe ohnehin zu viel davon.

Es gibt bald einen weniger, denkt Luisa, und sie fragt sich, wie Flack reagierte, wenn sie ihm den Zweck ihrer Reise verraten würde. Ihm sagen würde, ich bringe Ehemann Alfred um, er hat mich betrogen, verraten, verlacht, verachtet, verarscht, ein Leben lang. Nein, essbar ist es nicht, sein altes Fleisch, es ist zäh und durch die Ablagerungen von Egomanie hochtoxisch. Sie lacht, weil sie sich vorstellt, sie hätte in ihrem Hauswirtschaftsunterricht über den Konsum von Menschenfleisch doziert.

»Was ist«, sagt Flack. »Warum lachst du.«

Im Tankstellen-Imbiss nimmt Luisa den gleichen Pasta-Teller wie Flack, sie verkneift sich die Lust auf ein *Panino* mit Schinken. Die Pasta ist lau aufgewärmt und schmeckt nach Karton. »Schlecht, nicht?«, sagt Luisa. Flack antwortet mit einem angedeuteten Schulterzucken und schiebt die Pasta wortlos in sich hinein. Seine Lederjacke ist von Armani, Luisa hat das Label gesehen, als er sie über die Stuhllehne gehängt hat. Auch seine Uhr sieht teuer aus. Luisas Neugier wird immer größer. Gerade als sie ansetzt, ihn auszufragen, steht er auf. »Kann ich dir noch was bringen?«, fragt er. So höflich war er bis jetzt noch nie. »Ein Schinkenbrot«, ruft sie ihm nach, aber er hört es nicht mehr. Als er wiederkommt, stellt er einen Früchtekuchen auf den Tisch und eine Aktentasche auf den Stuhl neben Luisa. Was ist das nun? Flack deutet mit dem Kopf auf einen Zeitung lesenden Herrn ein paar Tische weiter. »Es ist Zeit, dass ihm was geklaut wird«, sagt er. »Wer stiehlt, muss bestohlen werden.« Aha, denkt Luisa, jetzt ist es so weit. Der aus der Klapsmühle dreht durch. Seltsamerweise spürt sie überhaupt keine Aufregung. Sie blickt auf die Aktentasche, als wär's ein zugelaufenes Hündchen, eins aus poliertem braunen Leder, das artig auf dem Stuhl sitzt. »Und wer sagt, dass der Herr stiehlt?«, fragt sie und versucht zu sehen, ob Flack flackert. »Ist es das Flüsterweib?« Flack lacht. »Wetten, dass er stiehlt.« Er öffnet die Aktentasche und zieht ein paar Papiere heraus und blättert sie durch. »Ein Weizenspekulant, handelt mit Futures, der treibt die Preise hoch, und dann sahnt er ab.« Er redet viel zu laut, denkt Luisa. »Zerstörte Existenzen sind dem Herrn egal, Hungersnöte ebenso.« Luisa fühlt sich jetzt doch unbehaglich neben der braunen Tasche. »Was machen wir damit?«, sagt sie. Wir, sie hat wir gesagt. Wieder antwortet Flack mit angedeutetem Schulterzucken, wortlos essen sie den Kuchen, Luisa lässt dabei den Zeitung lesenden Herrn nicht aus den Augen, Flack isst auch die Krümel. »Du isst gerade Weizen«, sagt sie.

Als sie hinausgehen, sitzt das braune Hündchen noch immer auf dem Stuhl, und der Herr liest noch immer die Zeitung. Im Auto versucht Luisa, nicht zu lachen, aber immer, wenn sie das Lachen zurückdrängt, entsteht ein grunzendes Geräusch, und Flack dreht den Kopf. »Hunger ist ein Kollateralschaden«, sagt er. Luisa wird das Lachen nicht los. »Ich möchte auch mal was stehlen«, sagt Luisa. Flack sagt nichts, und jetzt sieht Luisa mit Schrecken, dass er flackert. 101 Kilometer bis La Spezia.

Von La Spezia aus könnte sie Alfred anrufen. »Überraschung! Ich bin's!« Mach dich schon mal bereit, ich koch dir heute Abend was Feines, hab mir was ausgedacht, Überraschung, Überraschung. Vielleicht wäre das fair, dann hätte Alfred Zeit, die Zimmer zu lüften, sein Bettzeug zu wechseln, seine Zähne zu putzen, damit sein Dasein nicht so abgestanden nach Erfolglosigkeit riecht. Warum soll sie nicht fair sein, bevor sie ihn umbringt. Die Gottesanbeterin ist vielleicht auch ganz freundlich, bevor sie ihr Männchen auffrisst. Sie hat das Medikament aus dem Koffer genommen und in die Handtasche gesteckt, wenn ihr der Koffer abhandenkäme, wäre sie dumm dran. Die Handtasche lässt sie nicht aus den Augen, sie ist in Italien, und da werden bekanntlich Taschen gestohlen, sie hat es heute erlebt. Ganz leicht geht das, man isst sogar Kuchen dabei. Flack hat die Augen zu, schläft aber nicht, bewegt die Lippen, als memoriere er etwas. Vielleicht spricht er mit dem Flüsterweib.

Das Gespräch mit Mirjam lässt ihr keine Ruhe. Warum sagt sie, Maya brauche eine neue Strickjacke. Warum soll Maya plötzlich etwas gegen die Farbe Rot haben. Mayas Dinge mussten immer rot sein, die Wintermütze, damit sie sie überhaupt aufsetzte, das Papier, mit dem sie ihre Bücher einband, die Frühstückstasse für die ungeliebte Milch, die Wolle, aus der sie für die Yaya ein krummes Täschchen strickte. Dabei hätte Blau viel besser zu Maya gepasst, zu den wasserhellen Augen und dem dunkelblonden Zopf. Inzwischen sind die Haare braun. Und kurz geschnitten, das Heim wünscht es so.

Luisa rechnet: Je nachdem, ob in Genua alles reibungslos läuft, könnte sie in vier Tagen zurück in Zürich sein und dann sofort nach Unterfluren ins Heim fahren. Die Vorstellung, wie Maya weint, wenn man ihr die Jacke anziehen will, kann sie nur schwer aushalten. Sie muss unbedingt noch einmal Mirjam anrufen, gleich bei der nächsten Tankstelle. Flack braucht nicht mitzuhören.

Sie stoppt so abrupt, dass Flack einen erstaunten Ton

von sich gibt. »Toilette«, sagt sie nur, zieht den Zündschlüssel ab, packt ihre Handtasche und rennt. Flack soll sich etwas zusammenreimen, einen Durchfall aufgrund von verdorbenen Teigwaren oder so ähnlich. Ich schon wieder, wird sie Mirjam sagen, immer noch aus Wien, erzähl mir noch mal, was da war mit dieser roten Strickjacke. Braucht Maya überhaupt eine Jacke? Habt ihr nicht warmes Wetter? Sie lässt lange läuten. Mirjam nimmt nicht ab. Das ist ungewöhnlich. Ob das etwas zu bedeuten hat? Vielleicht nimmt sie nicht ab, weil sie auf dem Display Luisas Nummer sieht. Vielleicht hat sie die Nase voll von ihrem besorgten Ton.

Wäre sie nur nie nach Wien gefahren. Wäre sie nur nie in dieses Auto gestiegen. Ohne die Umwege mit Flack könnte sie längst in Genua sein. Wenn er jetzt nicht im Auto sitzt, wird sie ohne ihn losfahren. Soll er selber sehen, wie er von dieser Tankstelle wieder wegkommt. Sie hat schon genug im Kopf. Aber er sitzt noch da. Und Luisa stellt verwundert fest, dass ihr das recht ist.

Kurz vor La Spezia passiert es. Sie setzt an, einen Lastwagen zu überholen, sieht im äußersten linken Augenwinkel, dass bereits ein anderes Auto vorprescht, ein blauer Blitz, sie spürt den Schreckensstich in der Magengrube und hört es schon krachen, während sie bremst, aber es kracht nicht. Der Blaue ist mit einem quietschenden Schlenker ausgewichen und hupt wie ein Irrer. Flack hat abwehrend die Arme ausgestreckt, die Hände aufgebogen, so als würde er sie am Feuer wärmen. »Knapp«, sagt er und beugt sich herüber, um auf den Tacho zu schauen. »Hundertdreißig«, sagt er. Luisa zittert, klemmt heftig die Finger ums Steuerrad, damit das Zittern nicht sichtbar ist, der Blaue zieht davon, Luisa bleibt hinter dem Lastwagen, *Carne Fresca Veneto*, bleibt da bis nach La Spezia. *Carne Fresca Veneto*, *Carne Fresca Veneto*. Warum hat sie nicht in den Rückspiegel geschaut. Sie könnte tot sein oder *Carne fresca* gehackt. Schweizerin, siebzig, in Italien schwer verunglückt. Beifahrer zur Fahndung ausgeschrieben.

Fast hätte sie ihr Leben abgeschüttelt.

Fast. Es ist noch dran.

Sie spürt den lockeren Zahn, kann ihn bewegen.

Und oben im Kopf tut das Denken weh.

Die ganze Chose geht weiter.

Flack lotst sie durch La Spezia, zur Avis-Station, Via Fratelli Rosselli. Sie will das Auto loswerden, der Fastunfall hat sie zu Tode erschreckt. Sie möchte die Augen schließen, das Hirn abschalten und in Schwärze tauchen. Sie tut, was Flack sagt: links, rechts. Er sagt es nicht nur, er zeigt es auch mit der Hand, wahrscheinlich traut er ihrer Fahrerei nicht mehr. Eine debile Alte und ein Psychopath kurven durch La Spezia. Als sie bei Avis vorfährt, ist sie schweißgebadet. Hat man für so was von dir ein Leben bekommen, Herrgott noch mal? Überall, wo ich hindenke, gefällt es mir nicht, ist etwas nicht gut, stoße ich an, kneift etwas.

Flack holt den kaputten Koffer heraus, stellt ihn vor sie hin. »Den lasse ich erst mal hier«, sagt sie, »ich suche mir einen neuen.« »Dann brauchst du wohl jetzt keinen Kofferträger mehr«, sagt Flack. Nein, braucht sie nicht. Sie braucht überhaupt keinen Flack. Was soll sie mit ihm.

Und dann sagt sie: »Ich würde gern mal was stehlen.« Flack wartet. »Magst du mitkommen?«

Wieder hat sie ihn nicht weggeschickt. Sie versteht sich nicht. Bislang hat sie sich immer verstanden, hat die Nase gerümpft über Leute, die so tun, als seien sie sich ein Geheimnis, als seien sie dauernd auf der Suche nach sich selbst. Sie hat eigentlich immer gewusst, warum sie etwas tut, Gutes oder Schlechtes. Gutes, um sich zu gefallen, und Schlechtes, um sich zu rächen.

»Hier?«, fragt Flack und zeigt auf ein Kaufhaus mit gläserner Drehtür. Luisa nickt. »Was soll's denn sein?«, fragt Flack. Sie schreiten das Erdgeschoss ab, das heißt, Luisa schreitet, aber Flack scheint zu tänzeln, er scheint sich zu freuen. Im Erdgeschoss gibt es nur Kosmetika und Parfum, sie nehmen die Rolltreppe hinauf in die Modeabteilung, wo es Luisa nicht lange aushält, weil sie sich in den großen Spiegeln sieht: eine alte Frau, zerknitterte Hose, Bluse mit Schweißflecken, sie eilt auf die Toilette und wundert sich, wie viel Wasser aus ihr herausströmt, sie hat doch kaum was getrunken heute. Sie wäscht sich die Achselhöhlen und malt sich die Lippen. »Alles in Ordnung?«, fragt Flack, der draußen wartet. Er sieht so frisch aus, als sei das Leben ein angenehm kühles Windchen. Dabei hat er noch beim Frühstück gewirkt wie ein Gejagter, denkt Luisa, aber so sind wohl die Verrückten, mal oben, mal unten. Sie fahren in die dritte Etage, zu *Casalinghi* und *Accessori*, hier will Luisa zugreifen, aber das ist schwerer als gedacht, mal ist das Diebesgut zu groß für die Tasche, mal zu billig für den Ehrgeiz, zudem halten sich zu wenig Kunden hier auf, und das Personal hat zu viel Zeit zum Aufpassen. Luisa entschließt sich für einen dicken Engel in Pink, Azur und Türkis, sie lässt ihn in die Handtasche gleiten, als der Verkäufer den Kopf abwendet und sich Schuppen von den Schultern schnippt, ein Flügel schaut noch aus der Tasche hervor, also legt sie ihre Hand darüber, nur ganz leicht, damit der Engel nicht aufbegehrt. »War's das schon?«, fragt Flack, und während sie vorausgeht, hört sie ihn hinter sich lachen. Ihr Herzschlag ist erstaunlich normal. Der poppig bunte Engel wird Mirjam gefallen, es wird ein Engel aus Wien sein.

Draußen auf der Straße schält Flack aus seiner zusammengefalteten Lederjacke den gleichen Engel in Pink, Grün und Gold. »Ich dachte, zwei machen sich besser.« Ein paar Häuser weiter kauft sich Luisa den erstbesten Koffer, sie legen die Engel hinein und ziehen sie zu einer Bar. Luisa hat Lust auf ein Bier. Und hat Lust auf Sätzesuchen in einer deutschen Zeitung, aber die gibt es hier nicht, jedoch zwei deutsche Touristen, die vor ihren Camparis sitzen. Flack beugt sich zu ihnen hinüber. »Kennen Sie Karlheinz Raubenmeister aus Wanne-Eickel?« Die beiden schütteln den Kopf. »Nicht?«, sagt Flack. »Aber Sie sind doch aus Deutschland, oder nicht?« Luisa weiß nicht, ob sie lachen soll. Die beiden Deutschen wenden sich ab. »Meinst du den Karlheinz von der Dönstetter Straße?«, sagt sie. »Den mit dem kürzeren Bein?« Flack nickt. »Genau den. Wie kann man den nicht kennen.« Luisa fühlt sich so wohl wie schon lange nicht mehr. Was so ein bisschen Blödsinn ausmacht, es kitzelt sie von Kopf bis Fuß. Sie ist immer die vernünftige Luisa gewesen, hat funktioniert, hat geleistet, was gefordert war. Übermut hat ihr gefallen, an den anderen, selber hat sie kaum welchen verspürt, aber vielleicht nimmt man den eigenen gar nicht wahr, denkt sie, so wenig wie den eigenen Mut. Flack hat ihn, diesen Übermut. Bezahlt ihn allenfalls mit gelegentlichem Untermut. Sie hat ihn noch immer nicht ausgefragt. Jetzt sind sie seit bald zwei Tagen zusammen.

Bei Avis räumt sie ihren Koffer um, Flack schaut verwundert auf die Dose mit den Austernpilzen, dann machen sie sich auf in Richtung Bahnhof, *Stazione Centrale*. Bestimmt gibt es direkte Züge nach Genua, sonst wird sie einen Bummelzug nehmen, es wird schön sein, in Cinque Terre aus dem Fenster zu schauen. »Santa Zebra«, sagt Flack, als sie auf eine Kirche mit schwarzweiß gestreifter Fassade zugehen. »Wiehert immer sonntags.« Vor dem Portal liegt eine ramponierte Barbie, Flack hebt sie auf und folgt Luisa ins Innere. Schön ist hier nichts, aber es ist angenehm kühl und dunkel, Luisa setzt sich, streift die Schuhe ab und schließt die Augen, während Flack durch die Kirche wandert. Sie hätte nicht gedacht, dass er so bald wieder eine Kirche betritt.

Beim Hinausgehen winkt Flack einer Madonna zu. Sie hat die Barbie im Arm.

8

Das Mandelmädchen

Mayas Barbie hieß Jeannette, sie versteckte sie in einer rosa Schachtel unterm Bett, denn Alfred durfte nichts davon wissen. So etwas komme ihm nicht ins Haus, hatte er gesagt, als er Mayas Weihnachtswunsch hörte. Die Barbie sei Vollkitsch, sei ein Kapitalistenpüppchen. Und das ganze Weihnachtsgetue möge er ohnehin nicht. Damals zählte er sich zu den Roten, man hatte ihm erlaubt, im Treppenhaus des Parteilokals seine Bilder aufzuhängen.

Er bot Luisa an, einen Tannenbaum zu kaufen, wählte einen viel zu großen, dann verschwand er für drei Tage. »Ich verreise«, sagte er zu den Kindern. Luisa vermutete, dass er eine Reise nach Oberwinterthur unternahm, zu einer Frau, die einmal mitten in der Nacht angerufen und nach Alfredo gefragt hatte. Luisa war's recht. Mit einem Brotmesser kürzte sie den Tannenbaum um ein Drittel, dann ließ sie ihn von der Yaya dekorieren. Die Yaya war es auch, die Maya eine Barbie schenkte und zwei zusätzliche Outfits: eine Braut- und eine Tänzerinnengarnitur. Mirjam versuchte, ihren Neid zu verbergen, und half Maya, die Barbie zu taufen, eben Jeannette. Luisa fand erst später heraus, dass Jeannette das unbeliebteste Mädchen in Mirjams Klasse war.

Maya spielte mit Jeannette, bis sie zehn war, dann sagte sie zu Mirjam: »Du kannst sie haben.« Aber Mirjam wollte sie nicht.

Die beiden Schwestern hatten ein zwiespältiges Verhältnis. Wenn Alfred in einer aggressiven Phase steckte oder wenn wieder mal Eiszeit herrschte im Haus, hielten sie demonstrativ zusammen. Sie umarmten sich, schlüpften zueinander ins Bett, liehen sich ihre Schätze aus. Sie machten sich gegenseitig Frisuren, strichen einander das Brot, Maya las Mirjam vor, und Mirjam flüsterte Maya Dinge ins Ohr, sodass sie lachte. Wenn sich hingegen Alfred und Luisa im Waffenstillstand befanden oder wenn Alfred sich irgendwohin verzogen hatte und es schien, als sei so etwas wie familiäre Normalität vorhanden, gingen die Schwestern aufeinander los. Maya kommandierte, Mirjam protestierte. Maya hütete ihre Besitztümer, Mirjam machte sich heimlich dahinter und versteckte mal dies, mal das. Maya schrie sie an, bis Luisa einschritt, dann suhlte sich Mirjam in Schadenfreude. Einmal errichtete Mirjam zwischen den beiden Betten eine Barrikade aus Bananenkisten und sang dahinter Lieder, die Maya nicht mochte. Also warf Maya die Barrikade über den Haufen, und Mirjam produzierte so lange ein leises Jammern, bis Maya sie anschrie bis zur Heiserkeit.

Luisa wusste nicht, was ihr lieber war: die freundschaftlichen Schwestern und ein Alfred, der nervte, oder die streitenden Schwestern und ein Alfred außer Sichtweite.

Zum zwölften Geburtstag wünschte sich Maya ein eigenes Zimmer. Zum einen störte es sie, dass ihre aprikosengroßen Brüstchen dauernd unter Mirjams Beobachtung standen. Sie zog nur noch extraweite T-Shirts an. Zum andern mochte sie nicht mehr hören, wie sich Mirjam über ihr Schnarchen beklagte. »Sie hat wieder geschnarcht wie ein Walross«, jammerte Mirjam am Frühstückstisch. »Ich habe fast nicht geschlafen.« Es stimmte: Maya schnarchte, wenn auch nicht laut. Seit sie klein war, hatte sie mit ihren Luftwegen Probleme gehabt, hatte unter Asthma und Heuschnupfen gelitten. Immer wieder waren die Gaumen- und Rachenmandeln geschwollen und vereitert, sie hatte es sich abgewöhnt, durch die Nase zu atmen. Der stets leicht geöffnete Mund bewirkte einen staunenden bis dümmlichen Gesichtsausdruck. Er bewirkte, dass Luisa Maya ohne Grund umarmte und an sich drückte und Mirjam dann fragte: »Was ist?«

Was mal als Alfreds Arbeitszimmer gedacht war und dann Bügel- und Abstellraum wurde, hätte für Maya geräumt werden können, aber Luisa zögerte. Es war ihre Zuflucht, wenn sie Alfred nicht mehr ertrug, und es war das Zimmer, in dem Alfred und sie sich anschrien, wenn die Mädchen ihren Streit nicht mitbekommen sollten. Als der Kinderarzt sagte, Mayas Mandeln müssten raus, dachte sie, ja, machen wir das, dann hört die Schnarcherei auf, und Mirjam gibt Ruhe, und die Zimmerfrage wird hinausgeschoben. Dafür kaufe ich jeder einen eigenen Walkman.

Luisa und Maya saßen allein im Wartezimmer der Hals-Nasen-Ohren-Abteilung. Es war kurz nach acht Uhr morgens. Maya war guter Dinge und las Luisa einen Witz vor. »Die Nase ist die Bohrinsel des kleinen Mannes.« Luisa suchte ihren Ärger zu verbergen, dass man sie warten ließ. Sie stellte sich vor, wie die Ärzte und Schwestern in der Kaffeeküche herumschäkerten. Am Abend hatte Maya ihre Frühstückstasse mit Zeitung ausgestopft, damit sie am Morgen ja nicht vergaß, nüchtern zu bleiben. Meine große Maya, dachte Luisa, wie vernünftig sie ist.

Sie umarmte sie, als die Schwester endlich eintrat, um Maya zu holen, sie hob winkend die Hand, Maya winkte nicht, sie drehte noch einmal den Kopf und lächelte etwas schräg. Nun, sie brauchte sich keine Sorgen zu machen, alles war besprochen worden mit dem Arzt, schon vor einer Woche, und Maya schien keine Angst zu haben. Luisa beschloss, erst mal in der Stadt richtig zu frühstücken und dann den versprochenen Walkman zu kaufen, um ihn Maya ans Spitalbett zu bringen. Es war ein frischer Morgen, Blassblauhimmel und Wattewolken, Primeln in den Vorgärten, Luisa pfiff ein bisschen. Dann stolperte sie über den Randstein und stürzte, die Arme weit von sich gestreckt. »Geht's«, sagte der junge Mann, der ihr aufhalf. Ihre Hose war an beiden Knien aufgerissen, ihre Handflächen waren aufgeschürft, sie sah sie erstaunt an, als hätte sie Wundmale. »Alles bestens«, sagte sie. Nichts mit Frühstücken in der Stadt, sie musste sofort nach Hause, die Hose wechseln. Die Strafe fürs Pfeifen, dachte sie, die Strafe für unverdiente Zuversicht. Viel Zeit blieb ihr nicht, um zehn Uhr durfte sie zu Maya, und der Arzt würde vorbeischauen. Sie rannte und tat sich leid. Gerade als sie keuchend die Wohnung betrat, klingelte das Telefon. Alfred. »Was schnaufst du so«, sagte er. Dass heute Mayas Mandeln rausgenommen wurden, hatte er vergessen. »Ach ja, Maya, das Mandelmädchen«, sagte er. »Hör auf, so zu schnaufen, Schöne.« Ob sie ihm heute vierhundert Franken schicken könne, nach Maloja, Pension Giovanni. Er werde etwas später als vorgesehen nach Hause kommen, werde einen Umweg über Como machen, er brauche das jetzt, den Süden, die Inspiration, die andere Luft. »Ich brauche auch so einiges«, sagte Luisa, aber da hatte Alfred schon aufgehängt. Luisa hatte Lust zu weinen, ihre Hände brannten, auch ein Knie war aufgeschürft.

Sie steckte Mayas alten Plüschhund ein und lief wieder hinaus in den frischen Morgen zu Blassblauhimmel und Plüschwolken und dachte, ich lasse mich scheiden.

Wieder saß sie im Hals-Nasen-Ohren-Wartezimmer, wieder voller Ungeduld, sie seien noch nicht ganz so weit mit ihrer Tochter, hatte die Schwester gesagt. Nach einer halben Stunde schlug die Ungeduld in Angst um. Sie lief den Korridor auf und ab, keine Schwester in Sicht, sie stieß eine Flügeltür auf, über der eine rote Warnlampe blinkte, doch ein junger Mann in weißer Schürze versperrte ihr den Weg. Hier dürfe sie nicht hinein, hier werde operiert. »Ich will zu Maya Gallmann«, sagte sie. Sie schrie es. Sie wusste, dass die Welt am Einstürzen war. Sie wusste, sie würde nie vergessen, was auf der weißen Schürze stand: Gustav Knapp. Er führte sie am Ellbogen hinaus. »Ich will zu meiner Tochter«, schrie sie.

Da lag Maya schon auf der Intensivstation.

Zur Sicherheit, sagte Gustav Knapp. Es habe einen kleinen Zwischenfall gegeben, einen kleinen Narkosezwischenfall. Für die Intensivstation war der alte

Plüschhund zu unhygienisch. Luisa fing an zu zittern. »Das wird schon wieder«, sagte Gustav Knapp. »Nicht zittern.« Er führte sie noch immer am Ellbogen, über Treppen, durch Korridore, Luisa blickte zu Boden, sah gelbe Fliesen, lindengrüne Fliesen, blaues Linoleum, Steinstufen, dunkel gemasertes Linoleum, Schwartenmagenmuster, Alfred liebte Schwartenmagen, Alfred braucht vierhundert Franken subito. Maya war in Gefahr. Vor der Intensivstation ließ Gustav Knapp ihren Ellbogen los.

Als sie an Mayas Bett trat, kam ihr das Lächeln, das sie aufgesetzt hatte, umgehend abhanden. Maya hatte die Augen geschlossen, in ihrem stillen Gesicht war eine Unwilligkeit, so als sagte sie, lass mich. Die Apparaturen rund ums Bett keuchten, piepsten, blinkten, ein gleichbleibendes Gewitter über einem reglosen Kind. Luisa spürte Schwindel, sah alles wie aus der Ferne, wie als Film auf einer Leinwand, hörte wohl, was die grün gekleideten Ärzte sagten, aber verstand sie nicht. Bronchospasmus, sagten sie, und ein Brontosaurus erschien, Hypoxie, sagten sie, und ein Hippo tauchte auf der Leinwand auf und holte schnaubend Luft. Maya schnarche wie ein Hippo, hatte Mirjam gesagt, nein, wie ein Walross, um zwölf Uhr würde Mirjam von der Schule nach Hause kommen, ich darf den Verstand nicht verlieren, dachte Luisa, ich muss funktionieren, sie beugte sich über Maya und küsste sie auf die kühlen Lider.

Als sie nach Hause wankte, wusste sie Bescheid. Bronchospasmus war ein Krampfzustand der Bronchialmuskulatur und bewirkte lebensbedrohliche Atemnot, die nachfolgende Hypoxie war eine unzureichende Sauerstoffversorgung, und der nachfolgende Kreislaufstillstand war ganz einfach ein Kreislaufstillstand. So einfach war das. Der eine Arzt in Grün hieß Müller, der andere Hausammann. Er war der Narkosearzt und war schuld. So einfach war das. Luisa weinte, als sie mit Mirjam am Küchentisch saß und zusah, wie Mirjam die aufgewärmten Ravioli kaute. Da weinte Mirjam auch.

Am Abend gingen sie beide ins Spital. Maya hatte nun die Augen leicht geöffnet, sodass man das Weiße sah. Sonst war alles gleich.

Am folgenden Abend sah man Mayas wasserblaue Iris, seitlich nach oben gerutscht, auf ein unsichtbares Ding an der Zimmerdecke gerichtet. Sonst war alles gleich.

Alfred kam nach Hause, ging ins Spital, sagte: »Ich halte das nicht aus«, fuhr wieder weg. Am folgenden Tag rief er an. »Hast du denen eigentlich gesagt, dass Maya Asthma hat?« Er bleibe in Maloja, er müsse den Schock verarbeiten.

Im Vorwürfemachen war Alfred geschickt.

Natürlich hatte sie den Arzt über Mayas Asthma informiert, das Gespräch im Spital hatte eine Woche vor der Operation stattgefunden. Sie hatte auch den Heuschnupfen erwähnt, alles hatte sie aufgezählt, auch die Neigung zu Sonnenbrand, die Beinschmerzen nachts, die man Wachstumsschmerzen nannte, den Widerwillen gegen Meeresfrüchte und Pilze, den vereiterten Zahn, der gezogen werden musste. Und dann eine Angina nach der anderen, aber das wisse er wohl vom

Kinderarzt, nicht wahr? So sei es, sagte der Arzt, der Müller hieß und der eine Woche später in Grün auf der Intensivstation an Mayas Bett freundlich wilde Wörter aus seinem Mund entließ. Bronchospasmus, Hypoxie, Reanimation.

Mayas schöner kräftiger Körper, der einem Kraft abgab, wenn man ihn umarmte, der lag nun wie ein gefälltes Bäumchen auf dieser piepsenden, fauchenden gottverdammten Intensivstation. Luisa ging zur Arbeit, ins Spital und wieder zur Arbeit und wieder ins Spital und sparte das Weinen auf für die Nächte.

Zum Glück war die Yaya da.

Mit Erstaunen nahm Luisa wahr, was für Kräfte in ihrer Mutter steckten. Das feuerrot gefärbte Haar hatte sie verwandelt. Als Luisa ein Kind war, war ihre Mutter ganz anders dahergekommen, als Schatten, als Schatten einer blassgrauen Unbekannten. Nicht auffallen war ihr Lebensinhalt gewesen, sie nicht, der Mann nicht, das Kind nicht. Jetzt war es ihr egal, was die Leute sagten, ob sie sich nach ihr umdrehten. Den hängenden Rocksaum nähte sie erst nach Wochen wieder hoch. Sie trug stets die gleichen Gesundheitssandalen, im Winter mit dicken bunten Socken. Wenn sie die Lippen schminkte, schmierte sie über den Rand hinaus. Wenn Mirjam sagte: »Du hast Eigelb an der Nase«, sagte die Yaya: »Und, stört es dich?« Maya und Mirjam mochten sie, sie saßen gerne in ihrer Einzimmerwohnung ohne irgendeine Beschäftigung. »Was habt ihr bei der Yaya gemacht?«, fragte Luisa. »Nichts«, murmelten sie zufrieden. Die Yaya sagte nicht viel, und wenn, sagte sie, was sie dachte. Wenn Alfred sein gewundenes Künstler-Gehabe an den

Tag legte, lachte sie ihn an. Sie hatte keine Angst mehr, irgendetwas zu verspielen.

Und jetzt, als Unglück angesagt war, bot sie ihre sämtlichen Kräfte auf, das rote Haar glühte. Sie lief zweimal täglich ins Spital und kehrte gleich wieder um, weil sie nichts ausrichten konnte, sie kaufte ein, sie kochte. Wenn Mirjam und Luisa nach Hause kamen, stand Essen auf dem Tisch, immer Dinge, die Mirjam mochte, Grießpudding, Milchreis, Kartoffelauflauf, Teigwarensalat mit Mayonnaise. Nichts Spezielles für Luisa, denn Luisa, das wusste sie, aß nichts. Wenn Luisa weinte, verschwand sie, denn Luisa, das wusste sie, wollte beim Weinen allein sein. Sie überprüfte Mirjam bei den Hausaufgaben, manchmal radierte sie alles aus und schrieb es in Kinderschrift neu. Sie erstand auf dem Flohmarkt einen Meerschweinchenkäfig und ging mit Mirjam ein Meerschweinchen kaufen. »Alf ist dagegen«, sagte Mirjam. »Mir egal«, sagte die Yaya, »jetzt brauchst du was zum Streicheln.« Mirjam strahlte.

Nachts fasste sich Luisa an den Knubbel unterhalb des rechten Knies und dachte sich zurück auf die Alp, zurück ins Glück. Als Silvan bedächtigen Schritts den Berg hochkam. Als Maya mit langen Sätzen den Hang hinunterrannte, um ihrem geplagten Huhn zu helfen.

Maya rannte nicht mehr.

Man hatte sie jetzt im Bett zum Sitzen aufgerichtet. Die Apparaturen, die Schläuche waren weg. Der alte Plüschhund lag frisch schamponiert an ihrer Seite. Wenn Luisa ans Bett trat, bewegte Maya die Augen, löste sie von der Zimmerdecke, richtete sie auf Luisa. Wenn

Luisa etwas sagte, bewegte Maya den Mund, der rechte Mundwinkel ging nach oben. Wenn Luisa Mayas rechte Hand ergriff, spürte sie sofort Mayas klammernde Finger, so als wollten sie Luisa nicht mehr loslassen. Wenn Luisa Mayas linke Hand ergriff, die leblos blieb, schoss ihr gleich das Tränenwasser ein. Mayas linke Hand war ein warmes Leichlein.

Man führte Maya im Rollstuhl durch den Korridor spazieren, an Füßen und Armen angebunden.

Man fütterte sie mit dem Löffel.

Die Yaya brachte selbst gemachten Kartoffelbrei mit. Maya sagte nicht Danke. Maya sagte gar nichts mehr.

Als sie in die Reha verlegt wurde, sagte sie »Jam«. Man dachte erst, dass Mirjam damit gemeint war. Aber Jam hieß Essen. Als kein weiteres Wort dazukam, reichte Alfred mithilfe eines ehemaligen Parteikollegen Klage ein, gegen den verantwortlichen Narkosearzt, Doktor Gerhard Manfred Hausammann, wohnhaft in Horgen.

»Aha«, sagte Luisa bloß, als die Yaya mit der Mitteilung auftauchte, Jakob sei gestorben. Was ging sie das an. Jakob war der Bruder ihres Vaters, und sie hatte ihn bestimmt dreißig Jahre nicht mehr gesehen. Bruder Jakob, Bruder Jakob, schläfst du noch, hatte ihr Vater einmal gesungen, weil Jakob nichts von sich hören ließ, nicht mal an Weihnachten. Nun war er halt tot. »Vielleicht erbst du etwas«, sagte die Yaya. »Von Bruder-Jakob-schläfst-du-noch? Vergiss es.« Luisa mochte von Tod ohnehin nichts mehr hören, nie mehr. Man hatte Maya vom Rand des Todes zurückgeholt ins Leben, in ein Leben, das zwar kein richtiges mehr war, aber immerhin, sie konnte nun mit der rechten Hand einen Löffel halten, sie liebte Erbsen, sie lachte, wenn Mirjam kam. Sie brauchte keinen Friedhof, ihre Maya.

Nach einigen Wochen erhielt Luisa ein amtliches Schreiben. Sie, Gallmann, Luisa, geborene Racher, Nichte des verstorbenen Racher, Jakob, gebürtig in Unterkulm, zuletzt wohnhaft in Riqhewir, Frankreich, war einzige Erbin von vierzigtausend Franken, gelagert in der Kantonalbank Basel. »Siehst du«, sagte die Yaya.

Luisa sagte Alfred nichts davon, sagte ihm, sie habe einen Kredit aufgenommen, um den dunkelroten vw Kombi zu kaufen, der jetzt vor dem Taubenhaus stand. Und warum so eine Riesenkarre, wollte Alfred wissen. »Hast du vergessen, Alfred, wir haben ein Kind, das nicht mehr laufen kann, wir haben ein Rollstuhlkind.« Sie brauche ihn nicht zu belehren, sagte Alfred. Und fuhr fort, sie verbal zu prügeln:

Du glaubst, du kannst das Leben in den Griff bekommen wie eine Zahnbürste.

Du kannst ja nichts dafür, dass du keine Visionen hast.

Du bist wie ein Wandkalender vom Gärtnermeisterverband.

Dass du mich nicht verstehst, ist ein Kompliment für mich.

Damals begann sie mit dem Sammeln von Sätzen, in den Wartezimmern von Neurologen, Orthopäden, Physiotherapeuten, Anwälten. Der erste Satz, den sie sich aufschrieb, lautete: *Diana fallen die blonden Haare in die Stirn, die sie dann heftig wegstreicht.* So schnell ist eine Stirn weg, dachte sie und freute sich, dass sie etwas lustig fand. *Schneefall bis auf achthundert Meter, in den Tälern oft bis zum Boden.* Die erste Handvoll gesammelter Sätze schrieb sie in ein kleines rotes Heft, das sie dann meistens mit sich trug. Oft zog sie es auch während einer Besprechung mit irgendeiner Autoritätsperson heraus und schrieb mit Großbuchstaben auf die hinteren Seiten ARSCHLOCH oder WICHTSACK oder IGNORANT. So schaffte sie es, höflich zu bleiben.

Doktor Gerhard Manfred Hausammann wurde vollumfänglich freigesprochen. Der Beklagte kann glaubhaft belegen, dass er die ihm vorgeworfene Fehlintubation ohne Verzögerung erkannt und beseitigt und die Therapien gegen die rapid aufgetretene Sauerstoffunterversorgung nach bestem Wissen und vollumfänglich eingeleitet hat. Zum weiteren Vorwurf der unterlassenen Vorbereitung einer für Asthma bronchiale prädisponierten Patientin gibt der Beklagte an, die entsprechende Information habe in den Papieren gefehlt. Der hypoxische Hirnschaden wird vom Gutachter als Folge einer Verkettung unglücklicher Kleinkomponenten definiert. Alfred klebte das Urteil an den Küchenschrank, aus dem man jeden Morgen den Kaffee und den Honig holte. Er kündigte seine Mansarde, nahm Urlaub als städtischer Teilzeitangestellter, packte den großen Rucksack, mit dem er ans Nordkap gereist war, und setzte sich ab. Er schrieb Postkarten aus Venezuela, Guatemala und Kolumbien. Sie waren immer an Mirjam adressiert.

Luisa riss das Urteil vom Küchenschrank und legte Berufung ein.

Das alles ereignete sich im Jahr 1985. Das Wrack der »Titanic« wurde gefunden, als Maya unterging.

9

Lust, etwas Seltsames zu machen

Rückwärts klauen ist aufregender«, sagt Flack, und Luisa will wissen, wie das geht. Man klaue zum Beispiel einen Kaschmirschal, trage ihn nach einer Stunde ins Geschäft zurück und platziere ihn zum Beispiel in der Originalverpackung eines Dampfkochtopfs. Das schaffe eine Überraschung für den Dampfkochtopfkäufer. Topf plus Schal plus Überraschung sei eine klassische Wertschöpfung. Bei der Platzierung gebe es verschiedene Aufregungsstufen. Eine hohe Stufe sei erreicht, wenn man es schaffe, einen Montblanc-Füller zurückzutragen und in eine Zahnbürstenhülse zu stecken. Was man dann mit der Zahnbürste mache, will Luisa wissen, worauf Flack sagt, das sei das sogenannte Zahnbürsten-Dilemma. Das müsse ein jeder auf seine eigene Art aushalten. »Wir haben noch eine Stunde Zeit, bis der IC nach Genua fährt«, sagt Luisa. »Das reicht doch für ein einfaches Rückwärtsklauen, oder nicht?« »Es ist knapp«, sagt Flack sehr ernsthaft. »Aber du kannst es versuchen.« Sie finden aber kein Einkaufscenter in der Nähe der *Stazione Centrale*, nur einzelne Geschäfte, und Flack sagt, in der *Macelleria* eine Wurst zu nehmen und drei Häuser weiter in der *Libreria* zu deponieren, das sei illegal. Um 16:40 Uhr ist Abfahrt, Luisa will diesen Zug keinesfalls verpassen, er bringt sie in nicht mal eineinhalb Stunden nach Genua, und dort wird sie sich endlich von Flack trennen. Er fahre dann weiter nach Turin, was er dort tun wird, hat er nicht gesagt. Luisa hat ihm ja auch nicht gesagt, was sie in Genua vorhat. Jetzt kommt alles sehr plötzlich. Heute Abend wird es passieren. Allerhöchste Aufregungsstufe. Wenn Flack wüsste. Luisa tastet ihre Tasche ab. Das Medikament ist noch drin.

Sie finden einen Fensterplatz. Luisa nimmt sich vor, die Fahrt zu genießen, die Ausblicke aufs Meer und auf die geduckten Dörfer in den Hügelfalten, die Piratennester von einst, das Eintauchen in die Tunnels und das Wiederauftauchen ins Cinque-Terre-Licht, vielleicht eine Nase voll Duft nach wildem Fenchel oder Wacholder. Sie ist schon einmal hier gewesen, nach ihrem Schulabschluss, da war sie vierundzwanzig und Alfred noch ein weißer Fleck in ihrem Hirnatlas. Später hat sie mit Silvan zusammen an Cinque Terre gedacht, auf den Kisten sitzend im Raum B8, ihre Hand immer knapp neben seiner. Silvan ist seit über dreißig Jahren tot, und Flack sieht sie an, als ob er wüsste, was sie denkt.

Sie erstellt im Kopf eine Liste der Zutaten, die sie in Genua noch besorgen muss. Limetten, Süßkartoffeln, Schalotten, Knoblauch, die kleinen teuflischen Pfefferschoten. Und frischer Koriander wär schön.

Flack hat im Bahnhof Käse-Cracker gekauft, nun essen sie davon, ein Cracker reicht bei Flack für zirka hundert Bahnmeter, wenn er einen neuen reinschiebt, kaut Luisa noch am alten. Die Cracker riechen ziemlich, ich möchte nicht neben uns sitzen, denkt Luisa. »Warum

Klapsmühle?«, sagt sie. Jetzt ist es draußen. Flack holt erst mit der Zunge die Cracker-Reste von den Zähnen, bevor er sagt: »Psychotische Symptome.« Er findet weitere Cracker-Reste mit der Zunge und sagt: »Manische Episode, verstehst du?« Luisa versteht nichts. »Hat angefangen mit einem Malariamedikament«, sagt Flack, dann fährt der Zug in einen Tunnel, wird langsamer, bleibt stehen. »Ich spinne, verstehst du?« Luisa hofft flehentlich, dass der Zug weiterfährt, aber ihr Flehen setzt ihn nicht wieder in Gang, und jetzt gehen auch noch die Lichter aus. Im Dunkeln hört sie, wie Flack erneut in die Tüte mit den Crackern greift. Sie sitzen und sagen nichts. Ein Kind quengelt und wechselt vom Quengeln ins Plärren. Wie schön muss es sein, ohne Rücksicht auf irgendwen draufloszuplärren, wenn einem nach Plärren zumute ist, am liebsten würde Luisa auch aufheulen: Lasst mich hier raus.

Flack knüllt die Cracker-Tüte zusammen. Sie sitzen und sagen nichts, während die Stimmen rundum aufgeregter werden. Luisa versteht, dass man schimpft. Eine Stunde vergeht, bis es endlich heißt, aussteigen. Lampen werden geschwenkt, Flack schultert Luisas Koffer. Man geht einzeln hintereinander zwischen Tunnelwand und Zug, das Kind ist jetzt still, wird wohl auf dem Arm der Mutter sitzen, Luisa möchte gern schneller laufen, sie hat das Gefühl, die Luft im Tunnel reiche nicht mehr lange aus. Mit beiden Händen umklammert sie ihre Tasche. »Vernazza«, ruft jemand, noch bevor sie ins Licht kommen. Eigentlich müsste sie jetzt schon in Genua sein. Und nun sitzen sie in Vernazza fest, warten auf dem kleinen Bahnhof mit Dutzenden verärgerter Passagiere, niemand weiß, wann es weitergeht, der Zug ist blockiert. *Che pasticcio.*

Inmitten der Aufregung wird Luisa immer ruhiger und dankt dem Herrn im Himmel und dem Generaldirektor der *Ferrovie Italiane*, dass sie ihr gnädig einen Aufschub schenken. Sie braucht Alfred erst morgen Abend umzubringen. »Komm«, sagt sie zu Flack und steigt die Treppe hinab in die Hauptgasse. Flack folgt mit dem Koffer, zieht ihn übers Kopfsteinpflaster, dass es holpert. Hoffentlich bleiben die beiden Engel ganz. Außer zwei Hunden ist niemand in Eile. Man schlendert, es ist warm, auf den Dächern liegt rotes Abendlicht, aber die weißen Sonnenschirme sind bereits zusammengefaltet und stehen wie stille Nonnen im Strom der Touristen. Luisa stellt fest, dass man ihnen beiden ausweicht, und merkt erst jetzt, dass Flack neben ihr rückwärtsläuft, Blick auf den Koffer, die Füße leicht tastend. »Warum tust du das?«, fragt sie. »Damit ich nicht weiß, was kommt«, sagt er. Luisa ist unschlüssig, ob ihr das peinlich sein soll oder nicht. Soll sie sich auch umdrehen und rückwärtslaufen und diese neue Erfahrung machen? Sie hat die Nase voll von der Luisa Gallmann, die sie ein Leben lang war. Neues ist angesagt. Silvan, denkt sie, warum sind wir nie zusammen hierhergereist, wo wir doch beide wussten, dass es Vernazza gab, wo wir doch beide wussten, dass wir uns lieben, nein, wir haben uns bloß wie wahnsinnig nicht berührt, und dann bist du bloß wie wahnsinnig davongestorben.

»Silvan hat gesagt, hier müsse man Weißwein trinken«, sagt sie. »Wer ist Silvan«, sagt Flack, »ich glaube, Silvan hat recht.«

Sie trinken den Wein unten auf dem Dorfplatz am Hafen, er heißt Cinque Terre, ist leicht und trocken, und Luisa streckt die Beine aus und fühlt, wie der Wein in die Zehen rinnt. Dann bestellen sie gegrillten Fisch, Flack isst mit Heißhunger, und Luisa unterdrückt die Frage, ob Fisch nicht auch Fleisch sei. Vielleicht hat Flack noch nie gesehen, wie die gefangenen Fische auf dem Deck der Boote jämmerlich ersticken. Flack isst auch alles Brot aus dem Brotkorb und holt sich noch welches vom Nachbartisch. »Wen würdest du von den Gästen hier am ehesten umbringen«, fragt Flack und fügt hinzu, »wenn du dürftest.« Luisa erschrickt. Sieht Flack ihr an, dass sie vorhat, jemanden umzubringen? Nein, das ist wohl nur so flackiges Gerede. Sie schaut sich um und sieht niemanden, den sie nicht am Leben lassen möchte. Und Flack? »Ich nehme die dort«, sagt er. Die dort ist eine schätzungsweise Fünfzigjährige in Leopardenshorts, mit auffällig dicken Beinen und einem auffällig einfältigen Gesichtsausdruck. »Sie ist zu dumm für diese Welt«, sagt er. »Das nennt man Arroganz«, sagt Luisa und lacht. »Lass sie in Ruhe. Machen wir lieber was anderes mit hoher Aufregungsstufe.« Flack überlegt. Luisa bestellt einen weiteren Wein. »Wir könnten ausführen, was wir gestern Nacht geträumt haben«, sagt er. Wieder erschrickt Luisa. Sieht Flack ihr an, was sie geträumt hat? Sie schüttelt den Kopf. »Warum?«, sagt Flack. »War es so scheußlich?« Wieder schüttelt Luisa den Kopf. »Dann mach's«, sagt Flack. Also steht Luisa halbwegs auf, zieht mit beiden Händen Flacks Kopf zu sich heran. Dann küsst sie Flack auf den Mund. Ihr Herz klopft wie ein Schlagbohrer. Flack stutzt, dann küsst er zurück, so richtig mit Zunge.

»Jetzt ich«, sagt er. Er steht auf und beginnt, mit beiden Handflächen über die Hauswand zu streichen, gründlich, Meter für Meter, so hoch die Arme reichen und runter bis zum Boden, streicht um Fensteröffnungen und Türrahmen herum, über den gesamten ockerbraunen Verputz des Ristorante, und dann macht er beim Nachbarhaus weiter. Die Leute hören auf zu essen und zu reden und schauen ihm zu, und der Kellner blickt fragend zu Luisa. Und erst als Flack zum Tisch zurückkommt, das Haar voller Farbkrümel und die Handflächen rotbraun gefärbt wie fürs Indianerspiel, wird es wieder lauter im Lokal. Der Kellner kommt und überreicht ungefragt die Rechnung.

Luisa bringt die ausgeführten Träume nicht zur Sprache, als sie die Hauptgasse hochgehen zum Bahnhof, auch Flack sagt nichts, wieder holpert der Koffer. Der Zug ist nach wie vor blockiert, das kann noch ein, zwei Stunden dauern, heißt es. Inzwischen ist es acht Uhr abends. »Fähre!«, sagt Flack, und schon gehen sie wieder die Hauptgasse abwärts zum Hafen, sie rennen fast. Die Fähre Richtung Rapallo ist gerade eben abgefahren, man sieht noch die Lichter.

Jetzt sind sie in Vernazza eingesperrt.

Während Flack mit dem Koffer auf der Mole wartet, macht sich Luisa auf Zimmersuche. Sie hat wenig Hoffnung, der Platz quillt über von Touristen, die werden bummeln, feiern und danach sämtliche Betten Vernazzas belegen. Luisa ist plötzlich todmüde und möchte einfach nur in ihrem kühlen Bett daheim im Taubenhaus liegen.

Aber Alfred muss weg. Daran ist nicht zu rütteln.

Mutig drückt sie auf die Klingel neben einer Tür mit dem Schild »Albergo« und fragt eine mürrische Frau nach zwei Zimmern. Nein, sagt die Frau beinahe böse, was Luisa denn einfalle, zwei Zimmer! Aber ein Zimmer könne sie haben, ein Amerikaner sei nicht erschienen, immer diese Amerikaner. Flack soll selber schauen, wo er unterkommt, denkt Luisa, und zahlt das Zimmer unbesehen gleich im Voraus. Vierter Stock, Nummer zwei, sagt die Frau, und das Bad im Korridor. Luisa hat alles einigermaßen verstanden, außer was das Frühstück betrifft. Asiul Rehcar schreibt sie auf den Anmeldezettel, einen Pass will die Frau nicht sehen, jetzt wo das Zimmer bezahlt ist.

»Ich hab ein Bett«, sagt Luisa, »aber nur eins.« Flack nickt. Er werde irgendwo draußen schlafen. Luisa stellt sich vor, wie er ein paar Abfälle von seinem Schlafplatz wegkickt und sich dann auf dem Sand in seine Armani-Jacke wickelt. »Also bis dann«, sagt Luisa und zeigt auf das rote Haus am Platz, »wenn du willst, kannst du morgen früh im Albergo unter meine Dusche, vierter Stock, Zimmer zwei.« Flack versteht nicht, warum sie schon ins Zimmer will. Sie werde noch stundenlang nicht einschlafen bei all dem Lärm der Flaneure. »Ist doch schön jetzt hier draußen«, sagt er und zeigt zum Himmel. Erste Sterne blinken im dunklen Lila.

Bis um Mitternacht hat Luisa noch mit Flack auf der Piazza gesessen und viel von diesem Weißwein getrunken, hat dann mit Mühe den Koffer die vier engen Treppen plus eine Wendeltreppe hochgetragen, und jetzt liegt sie in dem kleinen Zimmer und kann nicht schlafen. Nicht wegen des Lärms unten auf dem Platz, nein, wegen Flack und seiner Geschichte. Sie hat nach der Klapsmühle gefragt. Und er hat erzählt. Eine Mühle war's nicht, es war eine Farm, eine Klapsfarm. Treiber in weißen Schürzen warfen das Lasso und fingen ein, wer noch kein Brandzeichen hatte. »Mein Branding hieß manische Episode.«

Wenn Flack stockte, schenkte ihm Luisa etwas Wein ein, und das kurze Plätschergeräusch setzte das Reden wieder in Gang. Ein Malariamedikament habe ihn durcheinandergebracht, er habe aufs Mal gelacht und geweint, sagte Flack. Sein Freund in Nairobi habe ihn ins Flugzeug gesetzt und nach Hause geschickt. Und schon im Flugzeug fing das Flüsterweib an, ihn zu bedrängen, flüsterte mal links, mal rechts der Kopfstütze Dinge, die er nicht hören wollte. Der Hausarzt überwies ihn an die Klapsfarm, dorthin kam das Flüsterweib nicht mit, dafür flüsterten die Treiber in den weißen Schürzen miteinander. Das machte ihm Angst, seine Haut spannte überall, als wäre sie in einer Wäsche eingegangen, sogar an den Fußsohlen. Die Treiber fingen ihn ein zweites Mal ein und verpassten ihm ein neues Branding: schizoaffektive Psychose. Im Büro wurde er krankgeschrieben. Besuch mochte er nicht, die Körperausdünstungen der Besucher hielt er nicht aus. Dass jedermann so deutlich roch, hatte er vorher nicht gewusst. Flack fing an zu flackern, und Luisa schenkte schnell etwas Wein nach. Ob er mich riecht?, dachte sie, vielleicht stinke ich. Sie presste die Oberarme an den Körper. Er kämpfte um ein Einzelzimmer, und als er eins bekam, kämpfte er gegen ungebetene Besucher. Er glaubte, Mitpatienten würden es sich unter seinem Tisch gemütlich machen. Und dann, Flack stockte, Luisa schenkte nach, dann, eines Tages, warf er sich über einen Mann, der ohne zu klopfen seine Zimmertür aufmachte, der Mann fiel zu Boden und drehte sich auf die Seite und erbrach sich. »Da nahm ich meine Jacke und rannte.« Er schlug sich durch bis nach Luzern und stieg dort in den Zug nach Mailand. »So war das«, sagte Flack und flackerte deutlich, als er aufstand und eine gute Nacht wünschte.

Luisa würde gerne in einen gnädigen Schlaf versinken, aber unten auf der Piazza wird gegrölt, wird Geburtstag gefeiert. Sie tastet sich durch den Korridor zum Badezimmer, macht die Tür auf, jemand sitzt auf der Toilette und starrt sie erschrocken an, es ist die Frau mit den Leopardenshorts, diesmal in Rosa. »Entschuldigung«, sagen beide. Luisa geht zurück ins Zimmer, stellt sich auf den kleinen Hocker vor dem Dachfenster und blickt hinaus auf die Bucht, das Meer ist nichts als dunkle weite Stille mit ein bisschen Menschenlärm an seinem Rand. Und irgendwo da draußen ist Flack, vielleicht ist ihm seine Haut zu klein, aber frieren wird er nicht, die Nacht ist lau, und der Himmel funkelt wie eine Weihnachtsdekoration. Als sich Luisa wieder ins Bett legt, fällt ihr ein, dass sie den ganzen Abend weder an Alfred noch an Maya noch an Mirjam gedacht hat, dann merkt sie, dass sich der Schlaf anschleicht.

Einmal schreckt sie auf, weil sie im Traum glaubte, eine Treppenstufe verpasst zu haben. Verschlafen lauscht sie ins Dunkel. Unten auf dem Platz ist immer noch was los. Am lautesten ist das hysterische Lachen einer Frau. Blöde Gans, denkt Luisa, will wohl einem Mann Eindruck machen. Gänse, Gänse, Gänse, wenn ihr wüsstet, was euch noch alles erwartet. Plötzlich ist sie hellwach, warum kommt ihr das erst jetzt in den Sinn: Sie müsste in Flacks Klinik anrufen, müsste melden, dass der Vermisste wohlauf ist. Irgendwer wird sich Sorgen machen. Von seiner Familie hat er nichts gesagt, von einer Freundin auch nicht. Sie weiß nicht mal, was für einen Beruf er hat. Sie hätte fragen müssen. Aber so einfach ist das nicht. Wenn sie falsch fragt, hört er wahrscheinlich zu reden auf. Und überhaupt, was hat sie, die komische Alte, für ein Recht zu wissen, was in ihm vorgeht. Trotzdem – die Nummer der Klinik lässt sich herausfinden. Und wie Flack heißt, weiß sie auch: Hans Haller. Wenn sie nicht anruft, macht sie sich womöglich schuldig, vor dem Gesetz, was ihr egal wäre, und vor sich selbst. Denn was ist, wenn der irre Flack aus dem fahrenden Zug springt oder rückwärts in ein Auto läuft. Weil sie sich das nicht weiter ausmalen will, sucht sie sich etwas zu lesen. Sie findet nichts als ihr rotes Heft.

Susanna nimmt den Kopf von seinen Schultern und legt ihn auf die Knie.

Der Zeuge sah ihn durch das Fenster davonfahren.

Auf Gran Canaria verliebte sich der Verstorbene in eine Fünfzigjährige.

Der Vermisste wurde von einem Hund aufgestöbert und der Polizei übergeben.

Und schon fällt ihr Flack wieder ein.

Als sie erwacht, ist es bereits neun Uhr. Unten auf dem Platz ist es so still, dass sie das Geräusch der Wellen hören kann. Umso lauter kommen ihr die Stimmen im Korridor vor. Eine gehört der mürrischen Pensionswirtin, zwei andere sind Männerstimmen. Luisa wartet eine Weile, späht dann durch den Türspalt und eilt zum Badezimmer, zum Glück ist es frei. Auf dem Rückweg sieht sie, dass die Tür von Zimmer Nummer drei weit offen steht, sieht im Gegenlicht eine Silhouette in Uniform und gleich neben der Schwelle goldfarbene Sandaletten. Die gehören zu den Leopardenshorts, Luisa hat sie registriert, als sie die Frau hat auf der Toilette sitzen sehen. Die macht's besser als ich, hat sie gedacht und auf ihre eigenen nackten Füße geschaut, die geht nicht barfuß über den unappetitlichen Korridorteppich wie ich.

Was tut der Mann in Uniform bei den Leopardenshorts? Ist das ein Polizist?

Heute, denkt Luisa, heute passiert's. Sie legt sich noch mal aufs Bett, schließt die Augen und stellt sich vor, wie Alfreds große Hand die erste Gabel mit Curry zum Mund führt. Vielleicht wird er dran riechen. Früher tat er das immer. Früher ist sehr weit weg. Heute passiert's. Erschrocken setzt sie sich auf, als es an die Tür klopft. Polizei? Nein, Flack. Flack mit einem Dreitagebart. Er schlüpft so rasch ins Zimmer, als würde er verfolgt. Luisa riecht sein T-Shirt. »Willst du gleich duschen?«, fragt sie. Flack schüttelt den Kopf. »Da drüben ist jemand tot«, sagt er, sieht Luisas ungläubigen Blick und sagt, er habe es genau gehört, *morto*, maus*emorto*. Möglich, dass jetzt die anderen Gäste befragt würden. »Pack deinen Koffer«, flüstert er, »ich trag ihn runter.« Hastig zerrt Luisa etwas Frisches zum Anziehen heraus, stopft die verschwitzten Kleider zwischen die Engel, und schon hebt Flack den Koffer hoch, macht lautlos die Tür auf und verschwindet. Das hat ihnen gerade noch gefehlt, Polizei. Eigentlich hat sie sich die Haare waschen wollen, um heute Abend für Alfred schön zu sein. Auch egal. Sie nimmt die Schuhe in die Hand, horcht in den Korridor, die Stimmen sind immer noch zu hören, dann schleicht sie sich an Zimmer Nummer drei vorbei, wieder barfuß auf dem unappetitlichen Teppich. Auf der Wendeltreppe kommt ihr ein Mann mit einem Köfferchen entgegen, vielleicht ein Arzt, sie drückt sich eng ans Geländer, damit er passieren kann. Ihre Schuhe zieht sie erst im Freien an, der Morgen ist warm und riecht nach Meer und Kaffee. Es ist höchste Zeit, aus Wien wieder mal Mirjam anzurufen.

Flack sitzt auf der Mole, auf ihrem Koffer. Als sie näher kommt, steht er auf, was etwas angenehm Höfliches hat. »Weißt du, wer dort oben tot ist?«, sagt Luisa. »Die Frau mit den Leopardenshorts.« Sie meint zu sehen, dass Flack zusammenzuckt. »Die Frau, die du am ehesten umgebracht hättest.« Sie meint zu hören, dass Flack ein Lachen versucht. »Ich war's nicht«, sagt er. »Lass uns Kaffee trinken.« Gute Idee, sagt Luisa, aber sie müsse zuerst noch einen Anruf machen, nur kurz, ja? Und sie läuft hinaus bis zum Ende der Mole und wählt Mirjams Nummer. »Jaa?« Mirjams unfrohe Stimme. »Ich wollte mich nur mal melden«, sagt Luisa. Mirjam scheint zu warten, dass sie weiterredet. »Wien ist ganz wunderbar«, sagt Luisa, dieser Barock, diese Eleganz, eine Kaiserstadt halt. Jetzt sei sie schon den dritten Tag hier und habe erst einen Bruchteil gesehen. »Was ist das?«, fragt Mirjam. Es ist das Tuten der Fähre nach La Spezia. Das? Ach, irgend so eine Alarmübung, Feuerwehr oder so. »Und wie geht es dir?«, fragt Luisa und weiß, was kommt: »Okay. Alles unter Kontrolle.« Es klingt, als wolle sie gleich wieder auflegen. »Was von Maya gehört?«, fragt Luisa. Nein, habe sie nicht, sagt Mirjam und wünscht noch schöne Tage.

Zurück bei Flack und seinem misstrauischen Gesicht, sagt sie, nein, sie habe nicht die Polizei angerufen, und jetzt brauche sie dringend ein Frühstück. »Alles in Ordnung?«, fragt Flack. Luisa nickt. »Okay. Alles unter Kontrolle.«

Flack hat auf einem Boot geschlafen, unter einer Plane, hat die Sterne gesehen, sagt er, und Fledermäuse. Zum Liegen war's hart, besonders für den Kopf, aber das stete Plätschern hat ihn eingelullt. Im Morgengrauen ist er aufgestanden, hat nicht dem Bootsbesitzer begegnen wollen.

Rasch überqueren sie den Platz, Luisa blickt nicht mehr hoch zum vierten Stock, und setzen sich in eine Bar an der Hauptgasse. Frühstück gibt's nicht, aber große Tassen mit Caffè Latte und dieses weiche, süße Gebäck, das wunderbar schmeckt und an den Fingern klebt. Flack verschwindet und kommt wieder in einem frischen Hemd, blau-weiß gestreift. »Gestohlen?«, fragt Luisa. Nein, er hat es im Laden nebenan gekauft. Luisa zupft ihm eine Stecknadel aus dem Kragen. »Ich hätte Lust, etwas Seltsames zu machen«, sagt sie. »Und warum machst du's dann nicht?«, fragt Flack. »Weil mir nichts einfällt«, sagt sie. Flack überlegt. »Um seltsame Auskünfte bitten, vielleicht gibt das was her. Den Barmann fragen, ob er einen guten Enthaarer empfehlen kann. Oder wo er seine Kinder prügeln lässt. Oder ...« »Oder«, sagt Luisa und zeigt durchs Fenster auf zwei Polizisten, »die beiden da draußen fragen, wo die nächste Leiche liegt.«

10

Hundert Gramm Ekelhaftigkeit

»Ein Polizist!«, rief Alfred, als Mirjam sagte, Roman arbeite bei der kantonalen Verkehrskontrolle. »Nein«, sagte Mirjam, »reg dich ab, kein Polizist.« Und wenn schon. Sie suche sich ihre Freunde selber aus.

Luisa wusste wenig über Mirjams Freunde. Vor Roman waren es Pierre, Leon, Reto und Klaus gewesen, alles nette Typen in Luisas Augen, aber Mirjam hatte sie von der Familie ferngehalten, keiner war im Taubenhaus ein und aus gegangen. Alfred war kein Vorzeigevater und Maya keine Vorzeigeschwester. Zwar lebte sie nicht mehr zu Hause, seit Mirjam sechzehn geworden war, aber sie war die schwarze Wolke, die nie verschwinden würde. Nie waren die Gallmanns eine richtige Familie gewesen, und Mayas Unglück hatte sie dann ganz auseinandergebracht. Die Trauer hüllte sie nicht gemeinsam ein, sondern verpasste den dreien Einzelhaft. Alfred brach aus und machte sich davon, Luisa stand das Leben durch und hakte verbissen die Tage ab. Und Mirjam, Mirjam floh in eine neue Leichtigkeit. Sie übte Gelächter ein wie ein neues Lied, sie gab sich munter, tat vergnügt, und die Yaya half ihr dabei. Früher war Maya die große Lachende gewesen, einmal hatte sie beim Lachen in die Hose gemacht. Mirjam war die Kontrolliertere gewesen, hatte bloß gekichert, wenn sie etwas lustig fand. Und nun, unter der dunklen Wolke, legte sie sich eine ungewohnte Lustigkeit zu. »Was hat sie?«, fragte Alfred, als er wieder mal zu Hause war und einem Gelächter Mirjams nachhorchte. »Hält sie mich für blöd?«

Wenn Luisa fragte: »Wie geht's in der Schule«, sagte Mirjam: »Gut, warum?« Sie erzählte nichts, außer vielleicht der Yaya. Einmal, als Mirjam in der Badewanne lag, hatte Luisa ihre Schultasche durchsucht und gesehen, dass sie einen Aufsatz von unten nach oben geschrieben hatte. Was soll das?, hatte der Lehrer daruntergeschrieben. Und einmal hatte eine Mutter angerufen und gefragt, ob Mirjam vielleicht von ihnen einen Kanarienvogel übernehmen möchte, als Trost für die sechs entflogenen Wellensittiche. »Sehr freundlich«, hatte Luisa gesagt, ohne zu erwähnen, dass sie nie auch nur einen Vogel besessen hatten. Mirjam, darauf angesprochen, hatte nur ein Gelächter von sich gegeben. Es schien, dass sie sich selber Aufgaben stellte, die ihre angestrebte Seelenvergnügtheit prüfen sollten. So dachte sie sich für die Telefonauskunft seltsame Anfragen aus und rief an, wenn sie wusste, dass Luisa mithörte. »Können Sie mir bitte sagen, wo es in Zürich frische Eipfluten zu kaufen gibt?« »Können Sie mir bitte sagen, wo Otto Widmer an der Suhrstrasse 6 in Vitznau wohnt?« »Können Sie mir bitte sagen, ob die Schnellzüge Basel–Hamburg in Mailand halten?« Je verärgerter die Auskunftsperson reagierte, desto vergnügter wurde Mirjam. Luisa verstand sie nicht mehr.

»Kommt er in Uniform?«, sagte Alfred, als Mirjam erklärte, Roman und sie würden heiraten. Erst Standesamt, dann Essen im Hotel Marriott. »Ohne mich«, sagte Alfred, »heute heiratet doch kein Mensch mehr.« Er kam dann doch, verbissen ohne Krawatte, was aber niemandem auffiel. Mirjam hatte sich ihr Haar von einem Coiffeur hochstecken lassen und trug ein seidenes kurzes Kleid, cremeweiß. Luisa fand, dass sie etwas weniger hübsch wirkte als in ihren normalen Klamotten. Wer ausgesprochen gut aussah, war Roman. Schlaksig, sonnenbraun, das dunkle Haar leicht gelockt, und reichlich Charme wie eingesprayt, dazu ein schönes Lachen, das er sparsam einsetzte. »Wir haben eben Bergblut«, sagte seine Mutter beim Essen. Sie sollte es später noch ein paarmal sagen, und Luisa dachte, jaja, mach dich nur wichtig. Romans Familie war vollzählig erschienen, samt einem Onkel im Rollstuhl. Es waren lauter freundliche Leute. Romans Schwester leitete den Zimmerservice im Marriott, darum bekamen sie das Essen mit fünfundzwanzig Prozent Rabatt, fünf Gänge und Blumengestecke inbegriffen. Für die Getränke galt der Rabatt nicht. Alfred ließ sich volllaufen, und Luisa schaffte ihn mithilfe eines Kellners in ein Taxi. »Er ist zurzeit etwas überarbeitet«, sagte sie, als sie an den Tisch zurückkam, und Romans Mutter sagte: »Das gibt's.« Mirjam war bleich und lachte viel. »Maya müsste auch hier sein«, flüsterte sie Luisa zu, als sie zusammen am Dessertbüfett standen. Luisa schüttelte den Kopf. »Doch«, sagte Mirjam, »sie liebt diese kleinen Kuchen, und die andern haben den Alten im Rollstuhl auch mitgenommen.« »Der Alte macht aber Konversation«, sagte Luisa und spürte die große

Verzweiflung kommen. »Ich hätte sie hergebracht«, sagte Mirjam böse, »aber du hast es mir ausgeredet. Wegen der andern.«

Die andern hießen Bass. Und so hieß jetzt auch Mirjam. »Wie geht's der Miri am Bass?«, fragte Alfred noch nach Jahren. Sie wusste nicht, ob sie es lustig finden sollte.

Nein, Maya auf der Hochzeit, das wäre nicht gut gegangen. Sie hätte gewirkt wie ein Ausstellungsstück. Schaut mal her, ihr freundlichen Leute, was für eine Besonderheit wir hier haben, was für ein rares Exemplar, da staunt ihr, was? Luisa tat das Herz weh. Es tat wirklich weh. Es half, wenn sie die warme Hand unter die Bluse schob und auf die Rippen drückte. Zwölf Jahre war es jetzt her, dass sie Maya ins Heim gebracht hatte. Sie hatte den Entschluss alleine gefasst, Alfred war irgendwo in Guatemala gewesen. Und sie wollte ihren Entschluss auch alleine zu Ende bringen, wollte niemanden dabeihaben, die Yaya nicht und Mirjam nicht. Mit »Willkommen daheim« hatte der Heimleiter Maya begrüßt. Und sein Blick auf Luisa besagte: Brauchst dir nicht wer weiß wie gut vorzukommen wegen deines schlechten Gewissens, das haben hier alle, die jemanden abliefern, den sie eigentlich lieben. »Sie wird es gut haben bei uns«, sagte der Heimleiter und zückte ein Tüchlein, um Maya etwas Spucke abzuwischen. »Ich weiß«, sagte Luisa und hatte das Gefühl, sie stehe an Mayas Grab und schaue zu, wie man sie lebendig begrabe. Zwölf Jahre war es her, dreimal hatte die Leitung des Heims gewechselt, die Fassade war orange und nicht mehr olivgrün, die Nussbäume waren umgehauen, zwölf Jahre, und Maya war immer noch dort. War immer noch gleich. Der Busen war schwerer, die linke Schulter war höher, die Beine verkrampfter. Aber sonst. Immer noch gleich. War dreißig. Aber sonst. Immer noch gleich. Hatte einmal Tänzerin werden wollen, dann Turnlehrerin, dann Zoo-Wärterin bei den Elefanten.

Nach der Hochzeit nahm Mirjam ihr Studium nicht wieder auf. Sie blieb in der Werbeagentur, bei der sie zeitweise gejobbt hatte, und wurde Juniortexterin. Alfred war enttäuscht und Luisa insgeheim auch, vor allem als sie mit der Zeit realisierte, womit sich Mirjam in der Agentur herumschlug: Sonderangebote Metzgerverband, Busreisen Weihnachtsmarkt Lörrach, Fußpflaster Verywell. Mirjam beklagte sich nicht, im Gegenteil, sie war putzmunter, strich die neue Wohnung, nähte Vorhänge und ging mit Roman jedes Wochenende irgendwohin.

Alfred freute sich, als sie zwei Bilder von ihm über dem Sofa aufhängte. Der Polizist werde sich dran gewöhnen, sagte er zu Luisa, der Polizist sei zwar einfältig, sei zwar langweilig, aber der Miri ein paar Kinder zu machen, das werde der Polizist bestimmt zustande bringen, und dann komme vielleicht ein wenig Leben in die Polizisten-Bude. »Hör doch endlich auf«, sagte Luisa. »Sie liebt ihn nun mal.« Aber das war, wie sie wohl wusste, einfach so dahergesagt. Zum Glück konnte die Yaya zur Heirat ihrer geliebten Mirjam keinen Kommentar mehr abgeben, sie war seit fünf Jahren tot. An einem Herbstabend, als ein Sturm um die Häuser fegte, hatte sie an die Tür geklopft. Sie wolle nur kurz sagen, sie sterbe dann heute Nacht. Seltsam, dachte Luisa, sie hat Angst vor dem bisschen Sturm. Jetzt wird sie alt. »Ist Miri da?«, fragte die Yaya und zeigte auf das alte Kinderzimmer. »Nein«, sagte Luisa, »heute nicht, willst du in ihrem Zimmer schlafen?« Die Yaya schüttelte den Kopf. Sie umarmte Luisa, was sie selten tat, sagte: »Pass auf Miri auf«, und ging. Am nächsten Abend fand Luisa sie tot im Bett, sie war bis zum Kinn zugedeckt mit Alfreds mottenlöchriger Mexiko-Decke, und sie hatte die bunte Wollmütze auf, die Mirjam mal für sie gestrickt hatte. Ein bisschen gelb sah sie aus und ein bisschen zufrieden und ein bisschen wie ein alter Indianer.

Jahrelang hatten sie Tür an Tür gelebt, nachdem die Gallmanns von der obersten Wohnung im Taubenhaus in die unterste hatten umziehen können. Hier waren nur drei Stufen zu überwinden, um Mayas Rollstuhl ins Freie zu bringen. Und hier hatte die Yaya ihren Hexendienst aufgezogen. Sie hatte dafür gesorgt, dass die Frauen aus ihrer sogenannten Hexenrunde regelmäßig vorbeikamen, um Maya Gesellschaft zu leisten, ihr ein Mittagessen zu kochen und zu verabreichen oder sie in den nahen kleinen Park zu fahren, wenn die Sonne schien. Die Yaya selber übernahm die schwierigeren Aufgaben, Windeln wechseln, Zähne putzen, Krämpfe lösen, Nägel schneiden, streicheln, wenn Maya zu wimmern anfing. Wenn Luisa zur Arbeit ging, tauchte die Yaya auf und sagte: Also dann. Mit Alfred sprach sie nur das Nötigste, und als er sich nach Guatemala absetzte, machte sie eine Flasche besten Bordeaux auf. Sie riss sich die Beine aus für Maya, sie tat alles für sie. Sie legte Maya die erste Binde an, als sie menstruierte, sie kaufte ihr den ersten Büstenhalter, rot mit grünen Trägern.

Aber es war Miri, um die sie sich sorgte, es war Miri, die sie liebte. Das war schon immer so gewesen.

Und dann wurde Maya zu schwer und die Yaya zu klein, um Maya hochzuheben. Luisa dröhnte sich der Rückenschmerzen wegen abends und morgens mit Medikamenten zu. Der spitalexterne Pflegedienst kam nun mehr als einmal täglich, es waren immer wieder neue Gesichter, das machte Maya Angst. Sie wehrte sich, indem sie störrisch reagierte, ja böse fast, sie gewöhnte sich ein bedrohliches Knurren an. Maya, der Hund. Das waren die schlimmsten zwei Jahre für alle.

Die Yaya sagte: »Das geht so nicht mehr«, und Mirjam sah sie erschrocken an.

Luisa verstaute die Ordner mit den Prozessakten unterm Bett, sie mochte sie nicht mehr sehen. Sechs Jahre hatte das Prozessieren gedauert. Beim letzten Termin vor Gericht bat man, Maya nach draußen zu bringen, sie störe. Luisa gab auf. Alles, was sie sich zum Schluss gewünscht hatte, wäre eine Garantie gewesen, dass der Staat für Maya angemessen sorge, wenn Luisa verdammt noch mal tot sei. Das mit ihrem Totsein konnte sie vorläufig vergessen. Sie lebte weiter. Sie sah sich Heime an. Nur, damit ich das mal gemacht habe, sagte sie sich. Die Heime waren entweder zu weit weg oder zu teuer. Sie klopfte die Institutionen ab, fragte nach Unterstützungsgeldern. Nur, damit das mal geklärt ist, sagte sie sich. Sie umarmte Maya und flüsterte: »Du bleibst bei uns.« Sie küsste sie auf die von der Yaya frisch gewaschenen Haare und flüsterte: »Kleiner Knurrhund, du.« Sie schaute in den Spiegel und dachte, gut, dass mich Silvan nicht mehr sehen kann, ich bin ein Gespenst. Wenn sie weinte, dann nachts, unter der Decke, damit Mirjam sie nicht höre. Mirjam durfte nicht unter Mayas Unglück leiden. Geschwister von Behinderten brauchten extra Liebe. So stand das in den verständnisvollen Büchern, die sie kaufte und nach dem Durchblättern angewidert wegwarf.

Roman war der Erste, den Mirjam mitgenommen hatte, wenn sie Maya im Heim besuchte. Den früheren Freunden hatte sie ihre Schwester nicht vorgeführt. Dieser Roman muss was Besonderes sein, dachte Luisa, wenn Mirjam von ihren Besuchen berichtete. »Er ist nett zu ihr.« »Er hält ihr die Hand.« »Er hat ihr eine Sonnenbrille mitgebracht.« Nach der Hochzeit hörten aber Romans Besuche im Heim bald auf. Es gab immer etwas, das dagegen sprach, der Handballclub, das verplante Wochenende, sein Bergblut. Luisa musste sich bald eingestehen, dass Roman nichts Besonderes war. Wenn sie an Mirjam dachte, spürte sie ein vages Bedauern. Um die Probleme, die sie hatte, und die Probleme, die sie sich ausmalte, zu verdrängen, setzte sie sich an den Küchentisch, trank Alfreds Rotwein und sah alte Zeitungen durch.

Die kupferne Kugel des dänischen Plastikers ist innen hohl.

Durch die von der Arbeitsgruppe Ost vorgeschlagene Verkehrsführung würde manches Menschenleben verhütet.

Der Lebensmittelskandal bewirkte, dass die Händler vor allem auf dem westfälischen Schinken sitzen blieben.

Die kleine Wohnung der Yaya war an einen älteren Herrn vermietet worden, einen Deutschen, der via Internet einen Sockenversand betrieb. Luisa holte sich an Papiersammeltagen jeweils dessen Zeitungsbündel vor der Haustür und kam so zu unerwarteten Lektüren. *Bielefelder Tagblatt, Lausitzer Rundschau, Donaukurier. Gießener Allgemeine.*

Die Entreißdiebstähle ereigneten sich vorwiegend nachts, wenn kein Mensch auf der Straße war.

Viele der Dorfbewohner erschienen in einem Kostüm, andere nur mit einer Maske.

Mirjam machte ihr zusehends Sorgen.

Alfred sagte bloß, ich hab's ja gesagt.

Einmal, als Mirjam vorbeikam und im Wohnzimmer ein paar Bücher zusammensuchte, kochte Luisa hastig einen Fertig-Kartoffelbrei. »Komm, iss was«, rief sie aus der Küche. Mirjam starrte auf den Kartoffelbrei und sagte: »Was soll der Brei, mir geht es gut.« Sie lachte. Es war ein freudloses Lachen. Kartoffelbrei war für beide über Jahre das wortlose Zeichen für Anteilnahme gewesen. Luisa kochte ihn für Mirjam, wenn sie merkte, dass es ihr schlecht ging, und umgekehrt. An dem Abend, als Luisa vom Heim zurückkam, wo sie Maya für immer abgeliefert hatte, stand Kartoffelbrei auf dem Tisch. Mirjam brauchte nichts zu sagen, der Brei sagte genug. Luisa strich ihn in die offene Wunde. Danach schoben sie zusammen Mayas Sonderstuhl aus der Küche, dieses Ungetüm mit Nackenstütze, und trugen ihn in den Keller. Eine Packung mit Kartoffelbrei stand immer im Schrank. Sie wurde hervorgeholt, als Mirjam wegen Mogeln beinahe von der Schule flog, als Maya wegen

Lungenentzündung beinahe starb, als Mirjams Freund Reto versuchte, sich das Leben zu nehmen, als Alfred Luisa das erste und einzige Mal geschlagen hatte, als die Yaya tot im Bett lag, als Luisa gleich drei neue Zähne brauchte. Und manchmal gab's den Brei einfach nach einem Streit.

»Was soll der Brei, mir geht es gut.« Das war, Luisa wusste es, gelogen.

Im Nachlass der Yaya – einer blauen Schachtel – hatte Luisa Erinnerungen an Hermann gefunden, den halben Bruder, den sie nicht kannte. Die Yaya hatte ihn geboren, als sie siebzehn war, und auf Drängen der Eltern gleich weggegeben. Das war 1938. Er wuchs bei einer Familie Kemp im Elsass auf. In der Schachtel war ein Umschlag mit Fotos von einem Kleinkind, im Waschzuber, auf dem Dreirad, vor dem Christbaum. Das musste Hermann sein. Auch ein paar Ansichtskarten waren dabei, von Bad Tölz, vom Schwarzwald. Schöne Urlaubsgrüße von Familie Kemp mit Hermann! Die letzte Karte stammte vom Sommer 1940. Vielleicht hatte der Krieg bei den Kemps alles durcheinandergebracht, vielleicht hatte die Yaya den Kontakt abgebrochen oder abbrechen müssen, auf Wunsch des Mannes, den sie heiratete – Luisas Vater. Von Hermann wurde nie gesprochen. Luisa wusste nicht, dass sie einen Bruder hatte. Erst bevor Vater und Mutter nach Santo Domingo auswanderten, bekam sie ein Bild von Hermann zu sehen: ein junger Mann in Uniform. »Für meine erste Mama«, stand auf der Rückseite, »Colmar 1956«. Und Luisa vernahm die Geschichte von der heimlichen Schwangerschaft und dem ungetreuen

Kindsvater, einem Geschichtslehrer, und sie schämte sich, weil sie fand, dass ihre Mutter feige gewesen war. Alfred, den sie kurz darauf kennenlernte, erzählte sie nichts davon. In der blauen Schachtel fand Luisa auch das Bild von dem jungen Hermann in Uniform wieder, und ein schmales Bündelchen Briefe von einem H. Peters, unschön verschnürt. Vermutlich war H. Peters der Geschichtslehrer, der Schwängerer, Luisa mochte die Briefe vorerst nicht lesen.

Als Mirjam sagte: »Was soll der Brei, mir geht es gut«, wünschte sich Luisa die Yaya zurück, die hätte ihre geliebte Miri gepackt und so lange geschüttelt, bis alle Freudlosigkeit herausgerieselt wäre. Ich sollte das Geheimnis der Yaya an Mirjam weitergeben, dachte Luisa. Vielleicht war es für Mirjam gut zu wissen, dass die Yaya erst nach grauen, freudlosen Zeiten eine herzliche rote Hexe geworden war. Vielleicht konnte auch die tote Yaya ihrer Mirjam irgendwie beistehen.

Luisa beschloss, die blaue Schachtel Mirjam demnächst zu zeigen und mit ihr die Briefe des Schwängerers zu lesen.

Was Roman bei der kantonalen Verkehrskontrolle eigentlich zu tun hatte, wusste Luisa nicht genau. Er sei Abteilungsleiter, hatte Mirjam gesagt, und Luisa hatte gedacht: immerhin. Sie stellte sich ein Großraumbüro mit hundert geduckten Untergebenen vor. Als sie Roman direkt fragte, wofür seine Abteilung denn zuständig sei, sagte er kurz und bestimmt: »Ruhender Verkehr«, und Luisa mochte ihn nicht weiter ausfragen. Dann schob ihr Alfred eine Mahnung zu wegen nicht bezahlter Parkbuße. »Könntest du«, sagte er nur, wie immer, wenn sie seine Rechnungen bezahlen sollte. Dass die Mahnung mit Roman Bass unterschrieben war, hatte er gar nicht gesehen. Luisa hob den Brief auf. Das macht er also, dachte sie, der Mann mit dem Bergblut, er heimst Bußen ein.

Luisa hatte es satt bis oben, Alfred mit ihrem bescheidenen Lohn zu unterstützen. Sie ging Tag für Tag zur Arbeit, und Alfred machte sich lustig über Spießer und brave Bürger. Er hatte seinen Job bei der städtischen Bildersammlung gekündigt, als Maya als Schwerstbehinderte aus der Reha-Klinik nach Hause kam, hatte sich das Pensionskassengeld für achtzehn Jahre Teilzeit auszahlen lassen und sich nach Guatemala abgesetzt. Vier Jahre blieb er weg, tauchte wieder auf, als Maya ins Heim kam, saß Luisa auf der Tasche, schimpfte über Spießer und brave Bürger, bis sein Bruder Anton starb und ihm eine Wohnung in Genua und etwas Geld vermachte. Und als das Geld verbraucht war, fing das Schimpfen über die Bürger und Spießer von vorne an. Vier Jahre nach Mirjams Hochzeit wurde er Rentner und beschloss, von nun an in Genua zu leben, und Luisa freute sich über ihre Freiheit, wenn auch zu früh. Alfred tauchte immer wieder mal auf, bat um Vorschuss, machte sich lustig über Mirjams Polizisten. Maya besuchte er nie. Er ertrage das nicht.

Er war in Genua, als Mirjam und Roman für drei Wochen bei Luisa einzogen. Ihre Wohnung wurde umgebaut, neue Heizung, neue Fenster. In diesen drei Wochen begriff Luisa, warum Mirjam nicht mehr lachte. Roman war ein Ekel. Er produzierte im Durchschnitt hundert Gramm Ekelhaftigkeit pro Tag, das machte im Laufe von drei Wochen über zwei Kilo Ekelhaftigkeit oder hochgerechnet auf die sieben Jahre, die sie nun verheiratet waren, über zweihundertfünfzig Kilo. Das war zu viel für Mirjam. Das war fünfmal mehr, als sie wog. Das drückte sie zu Tode. Luisa saß am Küchentisch und rechnete. Mirjam kam in die Küche und zog leise die Tür hinter sich zu. »Was rechnest du?«, fragte sie. »Ach, nichts«, sagte Luisa, und während Mirjam sich daranmachte, für Roman eine heiße Milch mit Kräuterschnaps zuzubereiten, fing Luisa an, im Kopf Romans Ekelhaftigkeiten aufzulisten. Es wurde eine stumme Ansprache, die noch lange weiterging, nachdem Mirjam mit der heißen Schnapsmilch die Küche wieder verlassen hatte:

Miri, ich weiß, dass Roman weiß, dass du dich fast übergeben musst, wenn du heiße Milch riechst. Trotzdem schickt er dich. Wenn du ins Wohnzimmer kommst, zieht er zwar auf dem Sofa die Beine ein bisschen an, damit du in der Ecke Platz findest, aber er bohrt dir seine harten Zehen in den Oberschenkel. Seine Füße sind nackt, er hat die Socken ausgezogen und vor dir auf den Tisch gelegt. Sie liegen auf dem Fotoalbum, das du ihm hast zeigen wollen, Bilder von dir und Maya im Schnee, die dich traurig machen. Er hat gesagt, von Schnee verstehst du nichts, ich komm von den Bergen, ich weiß, was Schnee ist. Er schaut sich im Fernsehen ein Autorennen an, obwohl jetzt die englische Serie läuft, die du magst. Er schaltet leiser, wenn du sagst, es sei etwas laut, nach zwei Minuten dreht er wieder voll auf. Er furzt und sagt, hast du gehört, selber schuld, warum kocht ihr so, dass ich furzen muss, du und deine Mutter. Und warum bindest du dir die Haare so zusammen, so siehst du böse aus. Die Franka bei uns im Büro kann das machen, die hat einen schönen Hinterkopf.

Miri, ich weiß, dass du dir die Haare hast aufhellen lassen, weil Roman auf Blonde steht, aber jetzt zeigt er nur immer auf deinen Scheitel, der ein bisschen dunkler wird, und manchmal klatscht er dir auf den Po, sagt, hopp ins Bett, auch wenn du lieber die Zeitung zu Ende lesen möchtest, es irritiert ihn, wenn du liest, er liest nur, wenn er muss. Aber meistens sagt er nicht, hopp ins Bett, sondern schläft auf dem Sofa ein. Wenn ich nachts aufstehe und ins Wohnzimmer spähe, sehe ich ihn wieder fernsehen, Werbung für Sexkanäle, wo Frauen sich winden und stöhnen. Am Morgen spricht er nicht, er schlürft nur laut und schüttelt die Schuppen aus dem Haar auf seinen Teller, und wenn du vor ihm aus dem Haus gehst und freundlich den Kopf an seiner Schulter reibst, wendet er sich ab und sagt, er finde dies und das und jenes nicht, zum Beispiel sein Rasierwasser, und ob du schon wieder eine neue Gesichtscreme gekauft habest, sie rieche nicht besonders. Wenn du dann aus dem Haus bist, belegt er das Klo, bis ich endlich klopfe, weil ich vor der Arbeit auch mal muss, im Klo hinterlässt er Spuren, tut mir leid, so ist das. Seit ihr hier bei mir wohnt, hat er erstens noch nie etwas Gescheites gesagt, zweitens noch nie etwas Nettes, drittens noch nie etwas Lustiges. Und wenn er abends vom Büro kommt, hat er eine leichte Fahne und legt sich gleich vor den Fernseher.

Miri, er schweigt dich an und tut so, als sei das bedeutungsvoll, als sinne er nach über die Aussichtslosigkeit des Lebens, aber schwermütig ist er keineswegs, er ist bloß langweilig, wenn du einen Spaß machst, fällt ihm kein Gegenspaß ein. Das ist morgens und abends so, jetzt bekomme ich das mit. Ob er auch nachts langweilig ist, das weiß ich nicht, aber irgendeinen Grund, bei ihm zu bleiben, musst du ja wohl haben. Ich weiß nicht, ob ich dir sagen sollte, dass mindestens zwei verschiedene Frauen hier angerufen haben – ist Roman da? – und dass ich gesehen habe, wie er mit der jungen Mieterin Weiersmüller im Treppenhaus schäkert, und dass ich unten gehört habe, wie er oben bei ihr geklingelt und sie ihn eingelassen hat. Ja, er sieht gut aus, der Langweiler. Wahrscheinlich gibt er sich leidenschaftlich, als Bock mit Bergblut, wenn er Frauen beeindrucken will, aber dann wird er wohl bald mal von seiner Langweiligkeit eingeholt. Gestern hat er zu dir gesagt: Lass das, sowie: Scheiß drauf, sowie: Jaja, blabla, sowie: Ich hab's gehört, ich hab's gehört. Das alles am gleichen Abend. Und am gleichen Abend hat er noch mehrere Male gar nichts gesagt, nur etwas gegrunzt. Ich seh doch, dass dir das wehtut. Und ich seh, dass du nicht willst, dass ich das merke.

Als die drei Wochen vorbei waren, kochte Mirjam für Luisa in der renovierten Wohnung ein festliches Essen, Roman war nicht dabei. Er sei zurzeit sehr beschäftigt, und er lasse danken, sagte Mirjam, für die Unterkunft bei Luisa. Nach diesem Essen ließ Mirjam lange nichts mehr von sich hören. Luisa, unruhig geworden, griff zum Hörer, fragte: »Ist was?«, und Mirjam sagte, sie habe inzwischen herausgefunden, dass sich Roman heimlich eine Vasektomie habe machen lassen. »Eine was?« »Eine Vasektomie!« Mirjam schrie es in den Hörer. »Ich werde nie ein Kind bekommen«, sagte sie, wieder leiser, »und das mit den Enkeln, das kannst du vergessen.«

11

Da waren's nur noch zwei

Luisa steigt in Genua ungern aus dem Zug. Sie ist zu früh, einen ganzen Nachmittag zu früh. Ein Hotelzimmer will sie nicht buchen, sie will in dieser Stadt nicht die kleinste Spur hinterlassen. Wenn es irgendwie geht, wird sie noch vor Mitternacht nach Hause oder mindestens bis Mailand fahren. Ob sie den letzten Zug um 21:49 Uhr schafft? Das wird knapp. Auch Flack studiert die Abfahrtstafel. Ein Zug nach Turin steht schon am Bahnsteig bereit. »Später«, sagt Flack und schiebt Luisa – seine flache Hand auf ihrem Rücken – zum Ausgang. »Wohin musst du?«, fragt er. »Irgendwo Mittag essen«, sagt Luisa, und danach, denkt sie, wirst du endlich verschwinden. Sie schlendern die Via Balbi ostwärts, Flack zieht den Koffer und bleibt immer wieder mal stehen, um sich die Fassaden der Palazzi links und rechts anzuschauen, oder er tritt durch ein Portal in eine der prächtigen Vorhallen. »Typisches Palastbauschema im Barock«, sagt er, »mit Freitreppe, Atrium, Loggia.« Davon versteht er etwas, denkt Luisa und nimmt sich vor, ihn beim Essen noch etwas auszufragen, wenn er es zulässt. Das typische Palastbauschema ist ihr ziemlich egal, sie hat Hunger und den Drang, sich vom strapaziösen Morgen an irgendeinem kühlen Plätzchen auszuruhen. Gerne wäre sie nach dem Frühstück umgehend aus Vernazza verschwunden, aber sie hat mit Flack vor dem kleinen Bahnhof lange warten müssen und zu spüren geglaubt, dass er sich beobachtet oder gar verfolgt fühlte. Als sie endlich einsteigen konnten, rief jemand »Hallo, Hans!«, worauf sich Flack erschrocken duckte und dann verstohlen aus dem Fenster spähte. Es war ein anderer Hans gemeint gewesen, aber Flack blieb still bis Genua. Jetzt hingegen ist er ganz aufgedreht, macht Luisa auf Arkaden, Kapitelle, Ornamente aufmerksam, und am Ende der Via Balbi will er gleich weiter in die Via Garibaldi, die andere Prachtstraße. »Warst du schon mal da?«, fragt Luisa. Ja, sagt er, aber er habe vergessen, wie schön das sei, alle diese Palazzi der reichen Arschlöcher, der Geldsauger und Kriegsherren, jetzt Weltkulturerbe der UNESCO, einfach großartig. In einer Buchhandlung geht er mit drei Bildbänden zur Kasse, dreht auf halbem Weg wieder um und legt die Bücher zurück. Er sieht, dass Luisa ihn beobachtet. »Zu schwer«, sagt er. Dass er nicht weiß, wohin er die Bücher bringen will, sagt er nicht. Luisa hat sich einen Stadtplan gekauft und sucht Alfreds Adresse. Sie erschrickt, als sie merkt, dass sie gar nicht so weit davon entfernt ist, Vicolo Canini, hinter der Piazza Banchi, also mitten in der Altstadt. Warum hat sie eigentlich den Koffer mitgenommen, sie will bei Alfred doch gar nicht übernachten, eine Tasche für die Zutaten hätte genügt. Am Nachmittag, ohne Flack, wird sie den Koffer im Bahnhof in ein Schließfach stellen, dann telefonieren, dann einkaufen, dann kochen, dann killen, dann Gott danken. Sie zittert, als sie den Stadtplan zusammenfaltet. »Du brauchst was zu essen«, sagt Flack, der ihr zusieht.

Sie finden Platz in einem Touristenlokal, wo es *Farinata* gibt, Teigfladen aus Kichererbsenmehl. Luisa hat im Hauswirtschaftsunterricht mal die verschiedenen Hülsenfrüchte vorgestellt. In der Pause spickte die Klasse ein Pfund Kichererbsen aus den Fenstern auf Passanten, und Luisa bekam einen Verweis. Wie lange das her ist, noch vor Mayas Unglück. »Ist was?«, sagt Flack. Luisa sagt, die Fladen seien zu fettig. Ihr Leben geht ihn nichts an. »Nachher ist Schluss mit uns«, sagt sie. »Ich habe einiges zu erledigen.« Flack nickt. Er schaue sich noch das schlafende Hündchen an, danach fahre er nach Turin. »Ist nicht weit«, sagt er, »Kathedrale San Lorenzo, komm doch auch.«

Auf dem Weg dahin erfährt Luisa, was sie hat wissen wollen, Flack erwähnt sein Architekturstudium, Kunstgeschichte-Vorlesungen, Arbeit in einem Mailänder Architekturbüro. »Und dann?«, fragt sie. Aber da stehen sie schon vor der Kathedrale und blicken die schwarzweiß gestreifte Fassade hoch. »Schon wieder Santa Zebra«, sagt Flack. Luisa findet das Hündchen zuerst, auf der rechten Seite des einen Portals, aus dem Marmor gehauen, handtellergroß. Sie streicht über den kühlen glatten Rücken. Vor sechshundert Jahren, sagt Flack, habe der Steinmetz hier sein Hündchen verewigt, nachdem es verschwunden sei, eine traurige Geschichte.

Luisa nickt.

»Und jetzt verschwinden wir auch«, sagt sie.

Flack versteht.

»Also dann«, sagt sie. »Viel Glück.«

Flack hebt die Hand und geht. Er geht rückwärts, die Hand oben, bis er mit jemandem zusammenstößt. Dann dreht er ab und ist weg.

Luisa würde ihm gerne nachrennen, um ihn noch schnell zu umarmen, aber mit dem Koffer geht das schlecht. Dass sie keinen besseren Abschied inszeniert hat, ärgert sie. Und sie beginnt, den seltsamen Flack bereits zu vermissen. Luisa, sagt sie, jetzt bist du allein, jetzt reiß dich zusammen, jetzt geht's los. Sie nimmt ein Taxi zum Bahnhof Principe, zwängt sich dort mit dem Koffer in eine Toilette und zieht sich um, zieht das Beste an, was sie dabeihat, das knallblaue Kleid, das elfenbeinweiße Seidenjäckchen, die Eidechsenschuhe. Die Schuhe passen nur knapp, ihre Füße sind geschwollen. Ihre verschwitzten Kleider mit den abgelagerten Aufregungen von La Spezia und Vernazza wickelt sie als Polster rund um die beiden Engel und räumt die Chili-Zutaten sowie die Plastiktüte vom Koffer in die Handtasche. Den Tropenvogelhut klemmt sie unter den Arm. Ein Schließfach findet sie nicht, nur eine Gepäckaufbewahrung, die von elf Uhr nachts bis sieben Uhr morgens geschlossen ist. Sie fängt an zu rechnen. Jetzt ist es drei Uhr nachmittags. Alfred muss bis spätestens neun Uhr abends restlos gestorben sein.

Alfred geht nicht ans Telefon. Luisa versucht es dreimal hintereinander. In einer Bar fragt sie, ob sie die Vorwahl von Genua richtig eingegeben hat. Ja, hat sie. Sie kauft sich eine leichte Einkaufstasche aus hellem Leinen, findet einen teuren *Alimentari*, der hat, was sie noch braucht:

Limetten, Süßkartoffeln, Schalotten, Knoblauch, die kleinen teuflischen Pfefferschoten. Und frischen Koriander. Obwohl sie in den Eidechsenschuhen nicht rasch laufen kann, ist sie schneller in der Altstadt, als ihr lieb ist, und findet die Piazza Banchi auf Anhieb. Es ist ein schöner Platz mit Bücherständen und einer kleinen Kirche. Luisa spürt eine neue Wut auf Alfred, der es sich hier wohl gehen lässt. Und sie ist gut genug, ihm Geld zu schicken oder seine verdammten Bleistifte. Wieder ruft sie an. Nichts. Mit Flack wäre sie jetzt die Bücherstände entlanggeschlendert, und er hätte vielleicht irgendeine absurde Mutprobe abgelegt oder irgendjemanden extra zu Tode erschreckt, und sie hätte das Leben vergnüglich gefunden mit diesem Flack, diesem Spinner. Aber jetzt wird's ernst.

Das Haus Vicolo Canini Nummer 14 ist fünf Stockwerke hoch, dunkelrosa und fleckig wie nach einem Regen. Keine Namensschilder an der Fassade. Aber die Tür, schwer und alt, lässt sich aufstoßen. Die Türklingeln sind im Treppenhaus, auch die Briefkästen. »Gallmann«, das ist vierter Stock. Gallmann, von Hand geschrieben, Alfreds Schrift ist es nicht, muss noch von Anton stammen. Still ist es im Treppenhaus, ganz still, kein Laut von außen dringt durch die schwere Tür. Luisa setzt sich auf die Treppe und setzt den Hut auf. Das Haus hat einen eigenartigen Geruch, ein bisschen Gas, ein bisschen Kaffee, ein bisschen WC-Duftverbesserer. Vielleicht nimmt Alfred aus irgendeiner Laune das Telefon nicht ab. Angenommen, sie klingelt an der Wohnungstür, und er macht auf, was sagt sie dann? »Hallo, Überraschung, deine Frau ist da!« Oder: »Ich war grad in der Gegend.« Oder:

»Wie findest du meinen Hut?« Geht's noch blöder? Und es ist erst Viertel nach vier, zu früh, um ein Abendessen zu kochen. Luisa zieht die Schuhe aus und geht langsam die Treppe hoch. Ihr Herz klopft nicht, es surrt. In ihrem roten Heft steht: *Heiß anbraten ist schlecht fürs Herz.* Das hat sie aus einem Ernährungsartikel abgeschrieben. Niemand, der ein Herz hat, möchte, dass es heiß angebraten wird. Die fetten Kichererbsenfladen fallen ihr ein und damit Flack, sie würde gerne wissen, was er jetzt macht, ob er flackert. Vielleicht kauft er sich eine neue Hose. So langsam ist sie noch nie eine Treppe hochgegangen. Sie könnte sich so hinstellen, dass Alfred sie von hinten sieht, wenn er die Tür aufmacht. Luisa bleibt stehen, als sie von oben Stimmen hört, es wirkt wie Streit, aber das ist so im Italienischen, zumindest für ihre Ohren. Wenn die Frau dem Mann hinterherruft: Bring Tomaten mit, klingt es wie: Fahr zum Teufel. Etwas wird oben vor die Tür geknallt, ein Zeitungsbündel. Vor Alfreds Tür spürt Luisa ihr Herz überhaupt nicht mehr, es ist verschmort. Sie lauscht. Nichts. Rasch steigt sie die Treppe wieder runter, tritt hinaus auf die Straße, merkt, dass sie die Schuhe immer noch in der Hand trägt. Ihre Füße passen jetzt besser rein, haben sich zusammengezogen, als hätten sie gefroren, der ganze Körper fühlt sich so an, sogar der Bauch. Das macht wohl die Angst, denkt Luisa. Bevor sie die nächste Bar betritt, fällt ihr ein, dass sie nicht auffallen will, sie nimmt den Hut ab. Sie bestellt Rotwein und trinkt ihn in großen Schlucken, der Barmann schaut ihr zu. Eine Zeitung und Sätze suchen, das war jetzt schön. Immer wieder schaut sie auf die Uhr.

In einer andern Bar trinkt sie ein weiteres Glas Wein und stellt sich vor, was sie in den Marmor gehauen hätte, wäre sie ein Steinmetz vor sechshundert Jahren gewesen. Was hätte sie nie vergessen wollen? Vielleicht Silvans Hand, von der sie sich so gewünscht hatte, sie lege sich endlich auf die ihre. Silvan ist schon so lange tot, und obwohl sein Gesicht undeutlich geworden ist, kann sie das Verlangen, das sie damals spürte, immer noch in sich wecken. Wieder wählt sie Alfreds Nummer. Jetzt kennt sie die Wohnungstür, hinter der es läutet. Und läutet und läutet. Und wenn er gar nicht nach Hause kommt? Luisa beschließt, für zwei weitere Stunden ihren Plan nicht zu ändern, das wird sie erst, wenn sie muss. Vorläufig glaubt sie daran, dass alles so kommt, wie sie es sich vorgenommen hat. Eigentlich hat bisher ja alles geklappt, wenn auch auf Umwegen, vor drei Tagen hat sie sich in den Zug Richtung Wien gesetzt, und jetzt ist sie am Ziel, und sie wünscht sich wie vor drei Tagen wieder ein Schinkenbrot. Flack würde sie mit Verachtung strafen, trotzdem bestellt sie ein *Panino* mit *Prosciutto* aus der Tierfabrik und isst es andächtig. In ihrer Andacht eingeschlossen ist das tote Schwein, der tote Alfred und wer sonst noch tot, aber irgendwann mal durch ihr Leben marschiert ist.

Um sieben steht sie wieder vor Alfreds Haus, blickt die Fassade hoch, die Abendsonne schafft es knapp über die Dächer, die Fenster im vierten Stock blinken, im dritten Stock nicht. Wieder steigt sie die Treppe hoch, rasch diesmal, sie keucht, Gallmann, entschlossen streckt sie den Finger aus und drückt ihn auf den Klingelknopf, fährt bei dem schrillen Ton zusammen und wundert sich, dass es geläutet hat, bei Alfred funktioniert selten etwas. Einen Satz hat sie nicht bereit, nur sich selber hat sie bereit gemacht für das, was auch immer auf sie zukommt. Auf Alfred, nüchtern oder betrunken, verwundert oder erschreckt, freundlich oder eisig, frisch oder übel riechend. Oder auf eine Frau in einem von Alfreds Hemden und unten nackt, die behauptet, Alfred sei nicht da. Oder auf einen fremden Mann, der so schnell spricht, dass Luisa nichts versteht außer »Alfredo«. Es bleibt still, die Tür bleibt zu, Luisa bleibt stur, sie klingelt wieder und wieder. Schrill. Schrill. Schrill.

Um neun steht sie erneut vor Alfreds Haus, blickt die Fassade hoch, hinter den Fenstern von Stock drei und fünf brennt Licht, bei Alfred ist es dunkel. Trotzdem will sie noch einmal zur Wohnung hochsteigen, doch nun ist die Haustür geschlossen, sie ist ausgesperrt. Das war's. Zumindest für heute. Müde sucht sie den Weg zurück zur Stazione Principe, weiß nicht, soll sie enttäuscht oder erleichtert sein. Das Albergo Berna an der Via Balbi hat noch Zimmer frei, sie trägt sich ein, Rehcar, jetzt braucht sie nur noch den Koffer zu holen, die Leinentasche mit den Einkäufen stellt sie schon mal ins Zimmer, den Koriander in ein Glas Wasser.

In der Bahnhofshalle sieht sie ihn nur, weil ein lautes Scheppern von Getränkekisten sie zur Seite blicken lässt, sieht ihn auf einer Bank sitzen, Flack. Er sitzt vornübergebeugt, Arme auf die Knie gestützt, Gesicht in den Händen vergraben. Sie geht und setzt sich neben ihn, stupst ihn an, er schaut auf. Er wirkt, als hätte er eine Maske auf, eine Maske aus durchsichtigem Glas. Dieses starre Gesicht hat er ihr bis jetzt nicht gezeigt. Er deutet auf den Koffer, fragt: »Sind die Engel noch drin?«

»Du wolltest doch nach Turin fahren«, sagt sie. »Das geht nicht«, sagt er. Vielleicht hat er kein Geld mehr, denkt Luisa, oder hat seine Kreditkarte verloren, oder man hat sie gesperrt. Vielleicht hat er den letzten Zug verpasst, oder er hat jemanden in Turin angerufen und eine Absage erhalten. Flack hat wieder die Hände vorm Gesicht. »Eine neue Hose könnte nichts schaden«, sagt sie, »wenn du dich irgendwo zeigen willst.« Jetzt legt Flack die Hände über die Ohren. Er will, dass ich still bin, das kann er haben, denkt Luisa und steht auf. Wieder schaut Flack hoch, der starre Ausdruck ist jetzt weg, er flackert. Kerzen flackern so, bevor sie erlöschen. »Warum geht es nicht?«, fragt sie. Flack steht auch auf. »Es sagt, ich darf das nicht«, flüstert er. »Es sagt, wenn etwas passiert, bin ich schuld. Es sagt, in Turin leben vier Millionen Turiner. Stell dir vor, was du da anrichten kannst, sagt es.« »Wer ist Es«, fragt Luisa, »das Flüsterweib?«

Luisa weiß nicht, wie das heißt, was in Flack vorgeht. Ist das ein Schub? Was soll sie mit ihm machen? Müsste er zurück in die Klapsfarm, wie er es nennt? Wirft er sich heute Nacht auf die Gleise? Oder legt er ihr die Hände um den Hals, weil er glaubt, sie sei das Flüsterweib?

»Komm mit«, sagt sie, legt ihm die flache Hand auf den Rücken und schiebt ihn zum Ausgang, wie er das heute Morgen mit ihr gemacht hat. Flack wehrt sich nicht. Einmal bleibt er stehen, aber nur, um ihr den Koffer aus der Hand zu nehmen. Im Albergo Berna sitzt der

Concierge lachend am Telefon, unterbricht, reicht Luisa den Schlüssel, und auf ihre Frage, ob sie noch ein zweites freies Zimmer hätten, schiebt er auch Flack einen Schlüssel zu. Dann lacht er weiter, er schäkert mit seiner Cara am anderen Ende der Leitung.

Im Zimmer Nummer zwölf setzt Flack seine Tasche so sorgfältig auf den Sessel, als wär's ein Kind. Dann stellt er sich ans Fenster, Stirn am Glas. »Geh zu Bett«, sagt Luisa. Flack rührt sich nicht. Luisa reißt die rostrote Tagesdecke vom Bett. »Leg dich hin und ruh dich aus.« Sie zieht ihn vom Fenster weg bis zur Bettkante. Sitz!, würde sie zu einem Hund sagen. Platz! Erleichtert schaut sie zu, wie sich Flack aufs Bett sinken lässt, zur Seite dreht, die Beine anzieht, die Augen schließt. Obwohl er noch die Schuhe anhat, deckt sie ihn mit der rostroten Decke halbwegs zu, dann löscht sie das Licht. »Ich bin in Nummer zehn«, sagt sie im Dunkeln. »Wenn was ist, kannst du klopfen.«

An den Limetten zu riechen, an den Schalotten, am Koriander, das tut gut, ist ein bisschen wie zu Hause sein. Morgen will sie wieder Mirjam anrufen. Sie hofft, dass Mirjam der Nummer auf dem Display nicht ansieht, aus welchem Land der Anruf kommt. Vielleicht hat sie schon längst gemerkt, dass Luisa sie anlügt. Mirjam hat immer alles gemerkt. Nur dass ihr Bräutigam nichts taugte, das war ihr entgangen. Luisa sucht kriechend eine Steckdose, wo sich das Ladegerät fürs Handy einstecken lässt. Danach ist sie so staubig, als wäre sie in der eigenen Wohnung herumgekrochen. Das Duschen verschiebt sie auf den Morgen, will sich dann auch die Haare waschen, will Alfred gefallen mit ihrer neuen

Frisur, will ihn in ein angenehmes Erstaunen versetzen, bevor sie ihn umbringt. Es ist ruhig im Albergo Berna, kein Vergleich zu der Absteige in Vernazza, Gott habe sie selig, die Dame in den Leopardenshorts. Das Bett ist kühl und weich, Luisa freut sich auf den Schlaf, doch bevor sie sich endgültig sinken lässt, steht sie noch einmal auf und schiebt den Riegel an der Tür zurück. Nicht dass dann mitten in der Nacht ein verstörter Flack an der geschlossenen Tür rüttelt und das ganze Haus aufweckt. Nicht auffallen, das gilt mehr denn je.

Einmal weint sie im Traum ganz furchtbar und laut und erwacht davon. Als sie aufrecht im Bett sitzt, kann sie es immer noch hören. Sie lauscht. Vielleicht ist das Weinen gar nicht von ihr gekommen, sondern von anderswo, vielleicht von Zimmer zwölf. Sie beschließt nachzuschauen, ob mit Flack alles in Ordnung ist, zieht eine Jacke über und zwängt sich in die Eidechsenschuhe. Bei Flack brennt Licht, sie sieht ein feines Streifchen im unteren Türspalt, sie klopft und drückt auf die Klinke. Flack steht wieder am Fenster und dreht sich langsam nach ihr um. »Ist was?«, sagt Luisa. »Ja«, sagt Flack, »es ist Donnerstag und Juni und drei Uhr morgens mitteleuropäischer Zeit und soundso viel Grad Celsius.« »Ich dachte nur«, sagt Luisa. »Coole Schuhe«, sagt Flack.

Beim Frühstück nimmt sie sich Zeit, lässt es sich schmecken, trinkt drei Tassen Kaffee. Sie wird Flack ausschlafen lassen und ihn danach zum Zug begleiten. In der Nacht hat er normal gewirkt. Coole Schuhe, hat er gesagt. Das hat ihm nicht das Flüsterweib eingegeben.

Sie braucht Flack nicht zu wecken, seine Tür steht offen, das Bett ist frisch bezogen, der Staubsauger steht davor. Der Herr habe sehr früh ausgecheckt, heißt es an der Rezeption. Man reicht ihr einen Umschlag, adressiert an Signora Rehcar. Darin ist eine zusammengefaltete Seite der *Bild*-Zeitung mit einem angestrichenen Satz: *Dem Patienten Adalbert K. wurde das falsche Medikament gespritzt, und dadurch wurde er bei lebendigem Leibe vergiftet.*

Kein Gruß, nichts.

Ein schöner Satz immerhin. Er passt perfekt in ihre Sammlung. Das Wort vergiftet verursacht ihr allerdings ein leichtes Unbehagen. Kann es sein, dass Flack vom Flüsterweib etwas über Luisas Absichten erfahren hat?

Um zehn Uhr wählt sie Mirjams Nummer. »Gut, dass du anrufst«, sagt Mirjam. »Jetzt sollen es schon drei Tote sein.« »Tote?« »Die Nachrichten ziehen es groß auf: Explosion in der Wiener Innenstadt. Wo ist eigentlich dein Hotel?« Luisa seufzt vor Freude: Erstens ist nichts passiert mit Maya, und zweitens ist Mirjam besorgt um mich. Sie möchte nicht, dass ich explodiert bin. »Ach, Miri«, sagt sie, »es tut gut, dich zu hören. Was kann ich dir mitbringen? Mozartkugeln? Oder Grammelschmalz?« »Verschone mich«, sagt Mirjam und lacht. Fast wie früher. Der Tag hat gut angefangen. Er wird auch gut zu Ende gehen. »Übrigens«, sagt Mirjam. »Der Hausammann ist tot.« »Was für ein Mann?« »Gerhard Manfred Haus-am-mann. Hast du den vergessen?« Nein, das hat Luisa nicht.

Da waren's nur noch zwei.

»Bist du noch da?« Ja, Luisa ist noch da. Und zwar in Genua und nicht in Wien, während der Hausammann in Wien ist und dort in die Luft fliegt. Das ist zu viel aufs Mal. »Explosion in der Innenstadt«, sagt sie endlich. »Und ausgerechnet der Hausammann.« »Nein«, sagt Mirjam und lacht schon wieder fast wie früher. »Der Hausammann war nicht in Wien, er war im Beisein der Familie. Steht heute in der Todesanzeige. Nach langer Krankheit. Und in Gottes Hand.«

12

Heilandsack

In Gottes Hand. Zwei Jahre lang hatte Luisa ihr Leben in Gottes Hand gelegt. Das war, als die große Wut wegen Mayas Unglück der großen Trauer wich. Maya lebte noch zu Hause, von einem Heim sprach man noch nicht. Luisa gewöhnte sich an, auf dem Rückweg vom Unterricht kurz in die Kirche zu schlüpfen. Eine schwere Tür war aufzustoßen, die einen Ton wie ein Keuchen von sich gab. Wenn sie sich keuchend wieder schloss, waren das Licht und der Lärm der Welt ausgesperrt. Luisa setzte sich auf die hinterste Bank, sah sich um und war bereit, etwas zu erfahren. Es war eine neugotische, unschöne Kirche, alles reckte sich stramm himmelwärts, die Fensteröffnungen, das geschnitzte Chorgestühl, der Hals des heiligen Antonius. Meistens waren – mitten am Tag – neben Luisa nur noch zwei, drei andere Leute da, schlurften durch den Mittelgang zum Altar, und Luisa sah ihnen neugierig zu, wie sie eine Kniebeugung machten oder sich bekreuzigten. Luisa wusste nicht, was zu tun war, sie war ohne Kirche aufgewachsen. Sie saß einfach ruhig zwischen ihren Einkaufstaschen, aus denen es nach Lauch oder frischem Brot roch, und genoss die Minuten ohne Mayas Knurren oder Mirjams Quengeln oder Yayas resolute Schritte. Kein Gott schwebte aus dem Buntglasauge auf sie herunter, kein Gott flatterte unter dem Altartuch hervor, kein Gott bewegte die kühle Luft. Luisa entspannte sich. Sie störte sich nur ein bisschen am heiligen Antonius, der so starr nach oben sah. Es wäre ihr lieber gewesen, er hätte sie angeblickt und gefragt, wonach er suchen solle. Sie wusste, dass die Katholiken sich an Antonius wandten, damit er finde, was sie verloren hatten. Meine Maya habe ich verloren, hätte sie sagen können, schau mich gefälligst an, wenn ich mit dir rede.

Zu Hause sagte sie nichts von ihren Kirchgängen.

Alfred wollte nichts glauben, Maya konnte nichts glauben, Mirjam glaubte an gute Noten und reine Haut, und die Hexe Yaya glaubte an den Teufel.

Also sagte Luisa nichts von ihren Kirchgängen. Das war Privatsache. Sie hätte auch nichts gesagt, wenn sie einen Pediküre-Salon oder einen Sex-Shop frequentiert hätte.

Der Pflanzenschmuck beim Altar zeigte, wie die Monate vergingen. Auf Stechpalmen und Christrosen folgten Forsythienzweige, dann Osterglocken, Tulpen, Japankirschen. Mit einiger Regelmäßigkeit saß Luisa in der Kirche und holte sich einen Gratissegen von Unbekannt. Als die Pfingstrosen dran waren, sagte eine Stimme hinter ihr »Willkommen«, und gleichzeitig legte sich eine Hand neben sie auf die Banklehne, so nah an ihrer Schulter, dass Luisa aufschrie. Die Hand zog sich zurück, und die Stimme sagte: »Entschuldigung.« Luisa drehte sich um und sah einen jungen Mann in Schwarz mit etwas Weißem in der Kragengegend, woraus sie schloss, es handle sich um einen Priester oder Kaplan oder Dekan oder wie immer die Pfarrer sich nannten. »Willkommen in unserer Kirche«, sagte er. Jetzt habe er sie schon so oft gesehen, dass er sie doch mal begrüßen wolle. Er sei Viktor Grüter, sei Vikar, und er hoffe, sie fühle sich wohl hier. Luisa blickte zu ihm hoch, und während sie zusah, wie sein Adamsapfel über dem weißen Kragen wild auf- und abtanzte, vergaß sie, ihm zuzuhören. Dann stand der Adamsapfel still, und Herr Grüter schien zu warten. Luisa erhob sich, um sich vorzustellen, dabei stieß sie ihre Einkaufstüte um, Erdbeeren rollten über die Sitzfläche der Bank, und Herr Grüter beugte sich vor, um sie einzusammeln. Ist das alles peinlich, dachte Luisa. Sie bedankte sich hastig und machte sich unhöflich rasch davon.

Viktor Grüter war nicht größer als Luisa, hager, das Gesicht leicht gerötet wie von Kälte. Luisa dachte, dass seine Augen brannten, wenn er sie ansah, aber sie wusste, dass das Kitsch war. Die Augen waren einfach dunkel und lagen ziemlich tief in den Höhlen. »Die Erdbeerfrau«, sagte er, als er ein weiteres Mal bei ihr stehen blieb, und streckte ihr die Hand entgegen. Dass er nun ab und zu auftauchte, wenn sie in der hintersten Bank saß, störte Luisa nicht, es freute sie. Einmal reichte er ihr ein Kalenderblatt mit sämtlichen Messen und Feiern und Andachten, und als Luisa sagte, sie sei nicht katholisch, sagte er nur: »Hauptsache, Sie reden mit Gott.« Das mache sie auch nicht, sagte Luisa. Sie ruhe sich hier nur aus. Viktor Grüter nickte. Wie dünn seine Handgelenke sind, dachte Luisa.

Freitag, sechzehn bis achtzehn Uhr, Beichtgelegenheit, Vikar V. Grüter, stand auf dem Kalenderblatt, und Luisa hätte gern beobachtet, wie zerknirschte Sünder sich zu Viktor Grüter in das dunkle Beichtgehäuse begaben. Aber Freitag, sechzehn bis achtzehn Uhr, war reserviert für Mayas Bad. Da kam die Yaya und half und streichelte Maya von oben bis unten mit dem weichen himmelblauen Schwamm, und Maya zeigte ihr Glück, indem sie ein freundlich gurgelndes Geräusch von sich gab. Zum Schluss waren alle drei erschöpft, Luisas Rücken schmerzte, und die Yaya stand krumm da und sagte: »Heilandsack.« Nein, Freitag ging nicht, aber Luisa beschloss dafür, Viktor Grüter zu fragen, was das sei, eine Eucharistiefeier, und ob er glaube, dass Jesus an Himmelfahrt tatsächlich zum Himmel aufgefahren sei und warum erst dann, sechs Wochen, nachdem er zum Grab raus war, sechs Wochen im Leichengewand, wie ging denn das.

Es folgten hektische Wochen. Maya wurde krank, hatte Mühe mit Atmen, eine Lungenentzündung folgte, man brachte sie ins Spital. Es war dasselbe Spital, wo man sie vor fünf Jahren innen und außen verwüstet hatte. Luisa fiel es schwer, sie in diesem Spital zu besuchen. Nach einem solchen Besuch saß sie wieder einmal in der Kirche in der hintersten Bank. Als sie weinte, berührte jemand ihre Schulter. »Kommen Sie«, sagte Viktor Grüter, »wir setzen uns in die Sakristei.« Was eine Sakristei war, wusste Luisa nicht, aber sie folgte Viktor Grüter durch die Kirche, am Altar vorbei, davor standen nun Sonnenblumen, was hieß, dass der Sommer schon zu Ende ging und dann das Jahr und dann das Leben, und sie, Luisa, hatte nichts daraus gemacht. »Erzählen Sie«, sagte Viktor Grüter. Sie saßen sich gegenüber, auf unbequemen hochlehnigen Holzstühlen, beide saßen auf der Stuhlkante, und das sah irgendwie aus, als spielten sie »Achtung-fertig-los, wer ist zuerst auf der Kanzel«. Das Weinen war Luisa vergangen, sie erzählte, schälte sich aus dem Schmerz heraus und wühlte sich in die Wut hinein, und wenn sie »Scheißarzt« sagte oder »verdammte Ungerechtigkeit«, zuckte Viktor Grüter durchaus nicht zusammen, obwohl sie hier in dem Raum saßen, der Sakristei hieß, was wohl irgendwas Heiliges bedeutete. Luisa erzählte von Maya und Mirjam und von der Yaya und von Alfred, der sich in Guatemala vergnüge, im Haus einer Gönnerin.

»Jetzt Sie«, sagte Luisa. Viktor Grüter hob die Brauen. »Jetzt sind Sie dran«, sagte Luisa, »mit Erzählen.«

»Ich bin in Erstfeld geboren«, sagte Viktor Grüter, »als fünftes von sieben Geschwistern. Mein Vater war Lagerist.« Luisa hörte atemlos zu, wie er sein Leben vor ihr auspackte, es war, als mache er ihr ein Geschenk. Er redete, ohne abzusetzen. Einmal stutzte sie, als er sagte, sein Vater sei beim Kristallsuchen in den Bergen verunglückt, wo er vorher erwähnt hatte, er sei an einer Gelbsucht gestorben. Egal, so oder so war sie gierig darauf, an einem anderen Leben teilzunehmen. Sie erfuhr, dass seine Mutter gerne reimte und dass sie bei Pfarrers putzen ging und dass sie sich mit fünfzig alle Zähne ziehen lassen musste, in der Jugend aber schön gewesen war. Die Gemeinde zahlte für Viktors Schule, das Kollegium in Schwyz, berichtete er, und dass er dort nachts Heimweh hatte und an den Wochenenden zum

Helfen nach Hause fuhr. Seine Mutter fand eine Stelle als Hilfsköchin, da waren die zwei Kleinen elf und zwölf und konnten für sich selber sorgen, aber der Fredi, damals siebzehn, machte Schwierigkeiten. Der Fredi war nicht normal. Der Fredi war nie normal gewesen, er redete nicht und torkelte beim Gehen, und man musste ihn sauber machen. Der Fredi war auch nicht freundlich, manchmal schlug er, niemand hatte ihn richtig gern außer der Mutter. Nachdem der Vater tot war, schlief er fortan in ihrem Bett.

Damit schien Viktor Grüters Leben ausgepackt und die Schachtel leer, und Luisa kam es so vor, als liege haufenweise Verpackungsmaterial zu ihren Füßen. Immer noch saßen sie auf den Stuhlkanten. »Und jetzt?«, fragte Luisa und dachte an Fredi in Mutters Bett. »Jetzt«, sagte Viktor Grüter, »jetzt wollen wir beten.« Und Luisa stellte mit Verwunderung fest, dass sie sich auf direktem Weg in Gottes Hand begab.

Der Yaya sagte sie, sie brauche mehr Luft, sie solle sich nicht wundern, wenn sie sich in der Früh aus dem Haus schleiche, um zu laufen. Sie sei rechtzeitig zurück, um Mirjam für die Schule zu wecken und die Frau vom Pflegedienst einzulassen. So rannte sie jeweils um sechs Uhr in der Jogginghose zur Kirche in die Frühmesse und mischte sich unter die Gläubigen, das waren meist zwei Handvoll ältere Frauen. Vikar Grüter stand am Altar und hantierte und sprach, mal nach oben, Herr, vergib uns, mal nach unten, lasset uns beten. Luisa tat das, was die anderen taten, hinknien, aufstehen, Hände falten, Amen murmeln. Wenn sich die Gläubigen nach vorn begaben und die Zunge nach der Hostie ausstreckten, blieb Luisa allein zwischen den Bänken zurück und wartete darauf, dass Viktor Grüter zu ihr hinsah. Sie nahm seinen Blick entgegen wie eine Umarmung, mit einem leichten Stich in den Brustwarzen, schloss die Augen und betete. Gott, sagte sie und erschrak jedes Mal von Neuem, dass sie sich an dieses unbekannte Phantom heranwagte, Gott, mach Maya wieder so, wie sie früher war, Gott, mach eins von deinen Wundern, ich bitte dich inständig, und sei mir nicht böse, dass ich bisher nicht an dich geglaubt habe, und mach, dass Maya nicht leidet, bis du bereit bist für dein Wunder. Amen.

August, September, Oktober rannte sie in die Frühmesse. Mach eins von deinen Wundern, ich bitte dich inständig. Dann wurden die Nächte länger und die Morgen dunkler, und Luisa konnte nicht mehr behaupten, sie gehe joggen, wenn es draußen noch schwarz war. Sie kniete sich im Schlafzimmer vors Bett, stellte sich Viktor Grüter vor, wie er zu ihr hinsah und sie umarmte. Danach setzte sie sich mit einem Kaffee und dem Gebetbuch, das sie in der Kirche hatte mitgehen lassen, an den Küchentisch. Sie las, lautlos, aber deutlich, indem sie die Lippen bewegte, und die fremdartige Kirchensprache wurde ihr langsam vertraut, Maria, du Tränenreiche, bitt für uns. »Was machst du da?«, fragte Mirjam, die plötzlich hinter ihr stand. »Bist du vielleicht übergeschnappt oder was?« Dann zerrte sie die zu langen Pyjama-Hosenbeine hoch und hielt sie beim Hinauslaufen fest und sagte an der Tür: »Wer ist hier eigentlich noch normal.«

Maria, du Gebenedeite, bitt für uns.

Als sie das zweite Mal bei Viktor Grüter in der Sakristei

auf der Stuhlkante saß, hatte sie die Gebete so weit im Kopf, dass sie streckenweise mitsprechen konnte. Grüter sah sie so überrascht an, als habe sie ihm ein Liebesgeständnis gemacht. »Ich kann nicht mehr in die Messe kommen«, sagte sie, »aber ich bete nun zu Hause.« »Der Herr hört uns überall zu«, sagte Grüter, beugte sich vor aus der Stuhlkantenstellung, um seine Hände auf ihre zu legen. Sie waren sehr weiß, und Luisa war darauf gefasst zu erschauern, wenn sie seine kalten Finger spürte. Aber sie waren warm, fast heiß, und leicht. Wie Mirjams Finger, wenn sie fiebrig war. Sie schloss die Augen und gab sich hin, Viktors fiebriger Anteilnahme oder der glühenden Barmherzigkeit Jesu. Amen und danke schön.

»Was ist mit Fredi«, sagte sie vorsichtig. Sie musste unbedingt wissen, ob er immer noch in Mutters Bett schlief, aber das wagte sie nicht zu fragen. Seit Mutters Tod sei Fredi im Heim, sagte Viktor Grüter. Jetzt sei er neununddreißig. Die Geschwister wollten ihn nicht zu sich nehmen, man müsse ihn immer noch sauber machen, und wenn Gäste kämen, scheuche er sie von der Tür weg. »Er will Mutter wiederhaben«, sagte Viktor Grüter. Er packe für einen Baumarkt Schrauben und Nägel in Schachteln. Die vom Heim sagten, manchmal lege er den Kopf zwischen die Schachteln und weine. »Und sein Bruder Viktor?«, fragte Luisa. »Ich besuche ihn«, sagte Viktor Grüter, »aber ich weiß nicht, ob er sich freut.« Luisa rechnete: Wenn Maya neununddreißig wurde, dann war sie, Luisa, neunundsechzig. Ob Maya dann irgendwo nach ihr weinte? So etwas Schreckliches mochte sich Luisa nicht weiter ausmalen. Manchmal hoffte sie, Maya sei plötzlich tot. Einmal, als Maya mit

Lungenentzündung im Spital lag und Luisa nach einem Besuch nach Hause lief und ihr die Kehle vom langen Nichtweinenwollen zugeschnürt war, blieb sie unvermittelt stehen und sagte: Maya, weißt du was, stirb einfach.

»Ihr Engel der Kranken: Bringt ihnen Trost in der Krankheit und Hoffnung auf Heilung«, sprach Viktor Grüter auf der Stuhlkante. Luisa hörte verwundert, dass es immer noch Engel geben sollte, dass eine ganze Heerschar es bis ins zwanzigste Jahrhundert geschafft hatte. Viktor Grüter rief sie alle an, die Engel der Mutlosen, der Hungernden, der Reisenden, der Gefangenen, der Sterbenden und des Kosmos. Sie sahen alle zu, wie er seine Hände auf Luisas Hände legte und wie sie sich seiner Fiebrigkeit hingab.

Bei so vielen Engeln war Luisa etwas beklommen zumute, sie befürchtete, plötzlich das Rauschen ihrer Schwingen zu hören und – wie Mirjam gesagt hatte – überzuschnappen. Vieles in dieser Kirchenwelt blieb ihr unverständlich, sie begriff nicht, warum Maria ein elfenbeinerner Turm sein sollte, und warum es barmherziger und nicht warmherziger Gott hieß. Sie las die Anschläge beim Kircheneingang, fragte sich, was Katechumenat bedeutete, und spürte, dass sie eine Fremde war. Einmal wurde zu einer Reise nach Lourdes geladen. Luisa schrieb sich die Telefonnummer der leitenden Frau Krummenacher auf und bestellte sich ein Fläschchen Lourdes-Wasser. Weiterhin saß sie Morgen für Morgen am Küchentisch und las Gebete aus dem Gebetbuch. Es war nicht so, dass sie danach voll goldener Hoffnung zu

Maya ans Bett ging. Sie erwartete nicht, dass sich Maya dann den Speichel wegstreifte und nach fünf Jahren Pause wieder etwas sagte: Mama. Oder: Guten Morgen, gibt's heute wieder mal Waffeln? Es war so, dass Luisa die Gebete absolvierte und in irgendeinem himmlischen Sparbuch ablegte und nicht wusste, wie viel Zins sie sich davon versprechen durfte.

Im Frühling rannte sie wieder zur Frühmesse, wieder wechselten die Blumen von Narzissen zu Tulpen zu Pfingstrosen. Eines Morgens stand ein anderer Mann am Altar. Luisa rief bei der Kirchgemeinde an und fragte nach Viktor Grüter. Der sei versetzt worden, hieß es, ins Wallis. Für eine genauere Auskunft sei man nicht zuständig. Zurzeit sei der Herr Vikar in Urlaub. Versetzt, das klang unkirchlich in Luisas Ohren. Er sei berufen worden oder so ähnlich hätte besser für einen Gottesmann gepasst. Wahrscheinlich war Herr Vikar Viktor Grüter in Unehren entlassen worden. Was hatte er bloß getan?

Sachte ließ sich Luisa wieder aus Gottes Hand rutschen. Erleichtert und darüber verwundert, lief sie nun an der Kirche vorbei. Sie schob das Gebetbuch ins Bücherregal und machte abends kein Kreuzzeichen mehr auf Mayas Stirn. Von den zwei Jahren in Gottes Hand blieb ihr die Wortfolge »Gegrüßet seist du Maria« am Längsten haften. Die blitzte bei allen möglichen Gelegenheiten wieder auf, ähnlich wie »Alle Jahre wieder« oder »Serengeti darf nicht sterben«. An Viktor Grüter dachte sie nicht mehr, nur an seinen Bruder Fredi, der seine Mutter wiederhaben wollte. Und aus der Broschüre *Christ sein heute* hatte sie einen Satz in ihr rotes

Heft übernommen: *Öffne dem Herrn dein Herz, auf dass er sehe, wo der Schuh drückt.*

In jenem Jahr brachte Luisa Maya ins Heim, kurz nach ihrem achtzehnten Geburtstag. Sie zog ihr eine neue hellblaue Bluse an und eine hellgrüne Hose, flocht ihr ein türkises Band in den Zopf und legte ihr die indianischen Armreifen um, die Alfred aus Guatemala geschickt hatte. Von der Seite sah Maya ganz normal aus und so schön, als fahre sie zu einem Sommerblütenfest.

Es war eine Stunde Fahrt über Land, die Autofenster waren offen, es roch nach frisch geschnittenem Gras. Maya saß auf dem Rücksitz, gut gesichert mit speziellen Gurten, die Yaya hatte beim Einstieg geholfen, hatte auch den Rollstuhl eingeklappt und in den Gepäckraum gehievt und war dann, ohne sich noch einmal umzusehen, ins Haus gelaufen. Im Rückspiegel konnte Luisa beobachten, wie es Maya ging. Eine Weile wirkte sie entspannt, den Kopf nach links gewandt wie immer, somit sah sie die knallgelben Rapsfelder links, die grasenden Schafe rechts entgingen ihr. Etwas später war Mayas Gesicht schmerzlich verzogen, und Luisa konnte riechen, dass Maya die Windel vollmachte. Nun, daran ließ sich nichts ändern, aber Luisa ärgerte sich, weil sie dem Heim gerne eine frische Sommerblütentochter übergeben hätte, und sie ärgerte sich auch, weil ihre Eitelkeit immer noch größer war als ihre Einsicht.

Luisas Besuche im Heim glichen sich wie Strickmaschen auf der Nadel, nur dass aus den Maschen nie etwas entstand. Immer samstags fuhr Luisa hin und setzte sich mit der Gruppe an den Mittagstisch. Maya konnte sich mit der rechten Hand den Speziallöffel mit Kleingeschnittenem selber zum Mund führen. Wenn sie etwas nicht mochte, warf sie den Löffel weg. Das sei ein Zeichen von Selbstbewusstsein, sagte der Gruppenleiter. Andere am Tisch bekamen Brei in den Mund geschoben und konnten sich nur wehren, indem sie ihn nicht schluckten. Der beste Esser am Tisch war Manolo, er aß still und stetig, bekleckerte sich von Ohr zu Ohr, und hob den Kopf erst, wenn er fertig war. Manolo wurde Luisas Freund, ohne dass er etwas dafür tat, ohne dass er sie aus den leicht mongolischen Augen ansah. In seinem alten, unschönen Gesicht brauchte er keine Miene zu rühren, um Luisa mitzuteilen, dass er über die Welt endgültig Bescheid wusste. Ab und zu hob sich seine dicke Zunge, um sich bequemer hinzulegen. Nach dem Essen setzte er sich in den Wohnraum und schaute auf die Wand, bis ihn Luisa mit der frisch gemachten Maya zum Spaziergang holte.

Frischmachen nannten sie im Heim den Windelwechsel. Betreuerin Irene legte eine wasserdichte Decke aufs Bett, und dann zeigte sie Luisa, wie sie Maya mit einem Kunstgriff vom Rollstuhl aufs tief gestellte Bett schob. Das Bett wurde hochgefahren, und Maya wurde aus der Hose geschält. Luisa streichelte die bleichen Beine, und das war immer der kritische Moment, wo das große Heulen Luisa überfallen wollte. Warst mal mein Kindchen, dachte sie und schluckte, und dann klopfte Betreuerin Irene die neue Windel flach, und der kritische Moment war vorbei. Luisa rühmte Irene, wo immer sie konnte, sie hatte ein bisschen Angst vor ihr, aber das sollte Irene nicht merken. »Schön, das Bild«, sagte Luisa und zeigte auf eine goldgelbe gemalte Sonne über Mayas Bett. »Maya hat mitgeholfen, nicht wahr, Maya«, sagte Irene, »Maya hat ganz gut gemalt, ganz gute Maya«, und sie cremte ihr das Gesicht ein und band die Haare zurück und zog den Büstenhalter zurecht und legte die Fußschienen an, auf dass sich die Füße nicht weiter einkrümmten. Die großen Zehennägel waren blau lackiert. »Das hat Elfi gemacht, sie hat allen die Nägel lackiert, aber jetzt darf sie das nicht mehr, sie hat danach vom Nagellack getrunken, nicht wahr, Maya, das macht man doch nicht, was?«

Maya sagte nichts. Ihre wenigen Wörter schien sie verlernt oder weggeschlossen zu haben. Sie zuckte oft. Kleine epileptische Anfälle seien das, sagte Irene, nicht weiter schlimm, diese Anfälle, man müsse sie halt beobachten. Luisa kam sich nutzlos vor neben Irene, auch dumm, sie beugte sich vor und küsste Maya auf die Augen, auf den Mund, das durfte Irene nicht.

Auf den Spaziergängen hielt sich Manolo an ihrem Arm fest, er war unsicher auf den Beinen, eine Stufe bewältigte er nur mit großer Vorsicht. »Schön gewesen«, sagte er jeweils, wenn ihm ein schwieriger Schritt gelungen war. Er sagte auch »Bus fahren«, weil das sein großer Wunsch war, und »'tschuldigung«, wenn er furzte. Mit seiner spärlichen Sprache war er der verstummten Maya haushoch überlegen, aber Luisa glaubte tief unten noch immer ein bisschen, dass Mayas wunderbare Gedankenwelt nicht einfach ausradiert, sondern nur zugeschüttet war. In der sechsten Klasse hatte Maya einen Vortrag über das Weltbild der Indianer gehalten und dafür eine Auszeichnung bekommen. Manolo wusste nicht einmal, was ein Buchstabe war, und dennoch und trotz der dicken Zunge war er imstande, Wörter zu bilden, zu sagen: »Schön gewesen«, wenn er das Gartentor so zuzog, dass das Schloss korrekt einklinkte. Aber Maya hatte eine Fähigkeit, die Manolo fehlte: Sie konnte lachen. Luisa wusste nicht immer, warum sie lachte, aber ihr Lachen hatte immer etwas Befreiendes, wie Luft, die einem Ballon entweicht, grunzend, gurgelnd, japsend. Luisa nahm Mayas Gesicht zwischen ihre Hände, sodass Maya sie mit ihren wasserhellen Augen ansah, sagte: »Maya, schau«, und machte das Hasenmäulchen. Und Maya lachte. Lachte auch, wenn sie auf Löwenzahn bliesen und die Schirmchen flogen. Lachte auch, wenn Luisa einen dieser großen, weiß gefüllten Mohrenköpfe vor ihr auspackte. Lachte auch, wenn ihr Luisa mit dem Zopfende die Ohren pinselte. Das mit dem Zopf ging aber bald nicht mehr, weil man ihr die Haare kurz geschnitten hatte, das sei für die Pflege einfacher. Luisa war empört. Was erlaubt ihr euch eigentlich, hätte sie gerne geschrien. Das ist meine Maya und mein Zopf. Aber sie hielt sich zurück.

Das Schönste am Spaziergang waren die stillen Minuten, wenn sie unter dem Birnbaum saßen oder bei schlechtem Wetter unterm Vordach einer Scheune. Manolo merkte, dass der Moment etwas Besonderes war, und sagte keinen von seinen paar Sätzen. Der Rollstuhl stand so, dass Luisa zusehen konnte, was in Mayas Gesicht vorging. Mayas Blick folgte einer Taube am Boden oder einer Bewegung in den Ästen des Birnbaums oder blieb auf Luisas Gesicht ruhen, hallo Luisa. Manchmal wirkte der Blick auch verloren, wie von ganz weit hinten in eine ganz weite Ferne geschwemmt. Kein Mensch von dieser Welt, dachte dann Luisa.

13

Lach, Luisa!

Wieder ist sie im Genueser Bahnhof, sie kennt sich hier schon richtig aus. Findet auf Anhieb die Gepäckaufbewahrung. Sieht die Bank, auf der Flack gesessen hat. Da setzt sie sich hin, um Alfred anzurufen. Kein Besetztzeichen mehr. Es klingelt und klingelt. Alfred, nimm endlich ab. Aus irgendeinem Grund verkriecht er sich, drückt sich vor irgendetwas, wie er das immer gemacht hat. Oder er ist bereits betrunken, dabei ist noch nicht mal Mittag. Luisa merkt, wie sich die alte Wut anschleicht. Sie wird nicht mehr warten. Sie wird loslegen. Wer sagt denn, dass ein Vindaloo-Curry am Abend gegessen werden muss. Kleine Überraschung, Alfred, kleines Mittagessen, Alfred! Hättest du nicht gedacht, was? Wütend sucht sich Luisa den Weg Richtung Vicolo Canini. Den Tropenvogelhut wird sie erst aufsetzen, wenn sie vor Alfreds Tür steht. Ihre Füße beginnen schon wieder anzuschwellen, das macht entweder die Wut oder die Hitze. Kein angenehmer Juni hier, unterm Birnbaum mit Maya und Manolo wär's jetzt schöner. Sie kauft sich ein Fläschchen Wasser und trinkt es im Gehen gierig aus. Damen machen so was nicht. Die Dame an ihrem Tisch im Speisewagen fällt ihr ein, »Santé!«, hat sie gesagt, das ist ihr ganz weich vom Mund gerutscht. Wie lange das her ist? Vier Nächte, in Milano, Cremona, Vernazza und Genova. Sie ist spät dran mit Alfred. Damals im Zug dachte sie, morgen habe ich's hinter mir. Sie findet die Piazza Banchi nicht mehr auf Anhieb, hat sich verlaufen, steht plötzlich zwischen den fliegenden Händlern unten am Hafen. Statt zu fluchen, lässt sie die Sätze entweichen, die ihr gerade in den Sinn kommen: Im Westen nichts Neues. Das Wandern ist des Müllers Lust, das Wandern, das Wandern. Gegrüßet seist du Maria.

Um zwölf Uhr steht sie vor dem Haus Vicolo Canini 14. Sie stößt die Tür auf, lauscht ins Treppenhaus, Stille. Die Chancen, nicht gesehen zu werden, sind gut. Vor Alfreds Wohnung setzt sie den Hut auf, lauscht wieder. Hier hört sie etwas, wahrscheinlich werden Schubladen zugestoßen. Luisa sieht prüfend an sich runter, dann drückt sie den Klingelknopf. Ob sie Alfred umarmen soll? Es ist ein anderer Mann, der aufmacht, er erwidert Luisas Gruß nur mürrisch. »Alfred?«, fragt Luisa. Der Mann schüttelt den Kopf. Sie sei »*la moglie*«, sagt Luisa und merkt im gleichen Augenblick, dass sie sich soeben verraten hat. Die ganzen Heimlichkeiten auf dieser Reise waren umsonst. Der Mann tut einen Schritt zur Seite und lässt Luisa eintreten. Das Erste, was sie wahrnimmt, ist ein sonderbarer Geruch. Es riecht nicht nach Alfred, das wäre eine Mischung von alter Luft und Tabac-Deo, nein, es riecht faulig und ein bisschen nach Urin. Vielleicht hat Alfred jetzt ein Prostataproblem. Der Mann spricht sehr rasch, Flack würde ihn verstehen, denkt Luisa und versucht, sich aus »*ospedale*«, »*passaporto*« und anderen Fetzchen des Wortschwalls eine Geschichte zusammenzureimen: Alfred ist im Spital, hat etwas am Bein und braucht seinen Pass. Der Mann heißt Vittorio, er ist der Hausverwalter, er hat den Pass gefunden, die *moglie* soll ihn ins Spital bringen und bitte sehr Ordnung machen in diesem Sauhaufen. Und was ist mit »*marzo*«, »*aprile*« und »*maggio*«, welche der Mann an den Fingern aufzählt? »Non pagato«, sagt er. Es scheint, dass Alfred bei ihm Schulden hat. Er zieht Luisa am Ärmel zur Küche, zeigt auf die Abfallsäcke, sagt noch einmal ganz rasch ganz viel, und dann geht er und schließt die Wohnungstür so energisch, dass etwas klirrt – leere Flaschen in einer Tüte.

Das hat sie jetzt davon. Das hat sie jetzt verflucht noch mal davon. Bevor sie irgendetwas anfasst, nimmt sie den Hut ab und legt ihn wie einen Grabschmuck auf die Tasche. Die Zutaten zum Curry samt Luisas Plan sind hiermit definitiv unter dem Hut begraben. Nun reißt sie ein Fenster auf und sieht sich um.

Was zuerst auffällt, sind die Pizzaschachteln, in Stapeln oder offen, voll mit abgenagten Teigrändern und aussortierten Oliven. Sie liegen auf einem Salontisch, Glas mit Messing, und auf sogenannten Stilmöbeln mit Rosenmuster. Alfred hat versucht, die unsäglichen Polstersessel mit hellen Leintüchern zu drapieren, aber die Tücher sind verrutscht, der ganze Stilmief kommt zum Vorschein, das ist Alfred inzwischen wohl egal, auch zerknüllte Kleider, Socken, Handtücher liegen zwischen den Pizzaschachteln. Das Bett in der Ecke ist ungemacht, ist eigentlich ein Sofa zum Ausziehen, auch mit Rosenmuster. Luisa sieht eine Pyjamahose, die sie kennt, sie hebt sie mit zwei Fingern hoch, und widerwillig gesteht sie sich ein, dass ihr Alfred ein klein bisschen leidtut. Er haust zwischen Möbeln, die er verabscheut, aber er hat sie nun mal von seinem Bruder geerbt. Das Mitleid ist nur ein Hauch, ist schon wieder weg, als Luisa in ein Stück faule Banane tritt. Immerhin mal aufräumen könntest du, hörst du, Alfred, den fleckigen Teppich saugen, dafür sorgen, dass es nicht stinkt. Sie weiß nicht, ob sie sich vor dem Hausverwalter schämen soll. In der Küche sieht es nicht besser aus, die Spüle voll Dreckgeschirr, auf dem Herd verkrustete Kochtöpfe, auf dem Boden Flaschen, Flaschen, Flaschen. Der Rosenvorhang in der Dusche ist schwarz angeschimmelt, die WC-Schüssel voll brauner Spuren. Erschöpft lässt sich Luisa auf der altrosa WC-Brille nieder und starrt lange auf den Wäschehaufen in der Ecke. Das hat sie jetzt davon. Das hat sie jetzt verflucht noch mal davon.

Sie räumt den kleinen Kühlschrank aus, saure Suppe, alten Käse, Gammelsalami, legt das frische Gemüse hinein, das ein Vindaloo-Curry hätte werden sollen. Sie schneidet eine Limette auf und träufelt ein paar Tropfen in den Mund. Gerade als sie sich aufmachen will ins Spital, sieht sie hinter einem Kleiderständer noch eine weitere Tür, stößt sie auf und bleibt überrascht stehen. Ihr ist, als müsste sie sich die Augen reiben. Das kleine Zimmer ist makellos aufgeräumt, nur grad ein Tisch und ein Stuhl stehen hier drin, das Licht fällt durch einen feinen zitronengelben Vorhang, an den Wänden reihenweise weiße Blätter mit braunen Federzeichnungen, akkurat aufgepinnt. Luisa schaut sich die Bilder an, es sind allegorische Figuren in altgriechischen Fantasielandschaften. Luisa hat sie eigentlich nie gemocht, Alfreds Kunstwelt, sie hat ihm seine Suche nach Vollendung nie ganz abgenommen. Auf dem Tisch liegt ein angefangenes Blatt, dazu Stifte, Federn, Tintenfässchen in peinlichster Ordnung. Mit dem Mann, der einerseits die Salami vergammeln und andererseits die Bleistifte wie Soldaten auf der Tischplatte aufmarschieren lässt, mit dem ist sie immer noch verheiratet. Vor vierundvierzig Jahren hat er ihr gesagt, sie sei wie ein Schwan. Luisa kann über die Luisa von damals nur den Kopf schütteln. Sie streckt die Hand aus, um die Tischschublade aufzuziehen, dann besinnt sie sich anders. Sie könnte ihn zwar umbringen, aber ihn ausspionieren, das geht nicht. Zu schäbig wäre das, wo er doch im Spital liegt und überhaupt. Sie hätte einfach zu gern gewusst, ob es in dieser Wohnung irgendwo ein Foto von Maya und Mirjam gibt.

Ospedale San Martino, hat der Hausverwalter gesagt. Luisa nimmt ein Taxi. Der Taxifahrer redet drauflos, Luisa meint zu verstehen, dass das Spital vierzehn Stockwerke hat und viertausend Leute, die dort arbeiten. Die Fenster sind zu, die Aircondition ist an, es ist angenehm kühl, Luisa kann an ihren Fingern noch immer die Salami riechen. Die Fahrt ist früher zu Ende als erwartet, das Spital ist tatsächlich riesig, liegt wie ein umgestürzter Wolkenkratzer in einer Parkanlage. Alfredo Gallmann, *per favore*. Sie hat Glück, ab vierzehn Uhr ist Besuchszeit, man zeigt ihr den Kleinbus, der durchs Spitalgelände fährt, sie steigt ein und fängt an zu zittern. Alfredo Gallmann liegt in der Chirurgie. Alfredo Gallmann hat was am Bein. Luisa hat sein Bein schon lange nicht mehr gesehen, es wird wohl nach wie vor bleich sein und schwarz behaart.

Zuerst erkennt sie ihn nicht, blickt auf die vier Männer in den vier Betten, denkt, sie sei im falschen Zimmer. Aber dann sieht sie an einem Kleiderhaken Alfreds dunkelgrüne Baskenmütze. Der Mann im Bett daneben gehört zu dieser Baskenmütze. Sie war dabei, als er sie gekauft hat. Er schläft. Oder tut nur so. Das hat er immer gut gekonnt, wenn er sich ausklinken wollte. Luisa tritt ans Bett und schaut auf ihn hinab. Sein Haaransatz ist weit zurückgewichen, es ist Ebbe auf dem Schädel, dafür sprießt der Bart, halb grau, halb rot, ein gepflegter Dreitagebart ist es nicht. Die Haut ist gelblich, die Wangenknochen stehen vor, das ist neu, und über der linken Braue ist eine halbwegs verheilte Schramme. Vom Bein, an dem er was hat, ist nichts zu sehen, ein grünes Tuch liegt darüber, Alfred hält das Tuch mit den Händen fest, als wolle es jemand wegziehen. Die Hände sind voller Altersflecken, auch das ist neu. Die drei anderen Männer im Zimmer liegen ebenso unter grünen Tüchern, einer hebt grüßend die Hand, als er Luisas Blick spürt, einer hat sich eine Zeitung übers Gesicht gelegt, einer hat Besuch und lässt sich den Kopf streicheln.

Alfred schlägt so plötzlich die Augen auf, dass Luisa erschrickt, diese Alfred-Augen mit dem vielen Weiß um die Iris. Er scheint durch sie hindurchzusehen, von Traumstation A zu Traumstation B. »Ich bin's«, sagt sie, und es ist, als würde sich ein Lachen über seine rotgrauen Stoppeln ergießen, es läuft übers Gesicht, rinnt hinter die Ohren und übers Kinn. »Luisa«, sagt Alfred. »Luisa«, sagt er noch einmal. »Du glaubst es nicht: Ich hab von dir geträumt.« Er hat recht. Luisa glaubt es nicht. Was mit seinem Bein sei, fragt sie. Es sei noch dran, sagt er. Und dann soll sie ihm erzählen, warum sie hier ist. Luisa zieht einen Stuhl heran und erzählt ihm die Geschichte, die sie sich ausgedacht hat. Wie sie sich auf einer Reise nach Wien mit einer Südfranzösin befreundet und sie auf ihrer Heimreise begleitet hat. Wie sie zwei Tage bei ihr in Menton verbracht hat und jetzt zurück nach Zürich fährt. »Und warum soll ich nicht mal schauen, wo der Alfred haust«, sagt sie, »wo ich schon mal in der Gegend bin.« Sie zieht Alfreds Pass aus der Tasche und legt ihn auf das grüne Tuch. »Schöne Grüße von Vittorio.« Alfreds Lachen ist inzwischen versickert. »Dann weißt du also, wo ich hause.« Luisa nickt. Sie ist fertig mit ihren Lügen, nun wartet sie auf die von Alfred. Aber was Alfred sagt, klingt unangenehm wahr. Er ist die Treppe raufgestürzt, hat sich am Fuß was gebrochen, das Großzehengelenk. »Warst du betrunken?«, fragt Luisa. »Ich war besoffen«, sagt Alfred. Dann haben sie ihm hier gesagt, sein Blut sei nicht in Ordnung. Die Lymphozyten. Oder wie die Dinger heißen. Und sie wollen Geld, ein Depot, eintausend Euro. Und auch Vittorio will Geld, sechshundert Euro, für Verwaltungskosten. Und Luisa soll ihm helfen. Sie bekommt alles zurück, er hat demnächst den großen Durchbruch mit der Odyssee. »Homer, verstehst du? Hundertzwanzig Federzeichnungen.« Auch mit Alfreds Zähnen ist etwas nicht in Ordnung. Sie wirken ganz grau. Und oben auf der Seite fehlt einer. Man sieht die Lücke, wenn er lacht, eine Alte-Hexe-Lücke. Er lacht, als Luisa sagt, der Hausverwalter Vittorio wünsche, dass sie aufräume. »Ach, Luisa, dass du da bist. Du glaubst es nicht, ich habe von dir geträumt.«

Wieder einmal ist sie Luisa-braves-Mädchen. Sie geht und zahlt, eintausend Euro. Sie kauft für Alfred im Spitalkiosk gebrannte Mandeln, frische Aprikosen und sechs Comic-Hefte: die *Simpsons* auf Italienisch. Um Alfred nicht warten zu lassen, setzt sie sich nicht in die Kantine, sondern isst auf einer Treppenstufe ein gummiartiges Sandwich. Sie fühlt sich etwas schwindlig, sagt sich, daran sei wohl der Hunger schuld. Über andere Gründe für den Schwindel mag sie nicht nachdenken, keine Zeit. Sie eilt wieder hoch zu Alfreds Zimmer, das Bett neben der Baskenmütze ist leer, der eine Bettnachbar hebt wieder grüßend die Hand. Signor Gallmann sei bei einer Blutkontrolle, sagt die Krankenschwester. *Sangue*, ein schönes Wort. Luisa legt auf den Nachttisch, was sie gekauft hat, sie nimmt die Baskenmütze vom Haken und füllt sie mit den Aprikosen. Ciao, Signor Gallmann.

Im Haus Vicolo Canini 14 streift sie endlich die Eidechsenschuhe ab und steigt barfuß die Treppe hoch. Zwei Stunden gibt sie sich, um die Wohnung in Ordnung zu bringen, und keine Minute länger. Sie zieht die schöne Bluse aus und legt los. Stopft die Betttücher und den Duschvorhang und den alten Wäschehaufen in die Waschmaschine, drückt aufs Geratewohl ein paar Knöpfe, bis sie läuft. Macht Durchzug, sammelt und bündelt Zeitungen und Kartons, schrubbt Kochtöpfe, wäscht Geschirr, fegt den Küchenboden. Einen Staubsauger findet sie nicht. Sie kratzt mit einer Handbürste den Teppich sauber, hängt Kleider an Bügel, räumt den Küchenschrank aus, wo die Motten flattern, findet Angeknabbertes, Angebissenes, Verschimmeltes, wirft in den Abfall, was im Kühlschrank ist, auch die frischen Curry-Zutaten, nur die Limetten, die will sie behalten. Sie putzt das Regal mit Shampoo, weil sie kein Scheuermittel findet, stellt Schuhe in eine Reihe, versprüht Parfum aus ihrer Handtasche, drapiert die Tücher über den Stilmöbeln neu, und plötzlich hat sie Lust zu lachen, weiß aber nicht, wie man das alleine macht. Sie hat sich vorgenommen, in ihrem Leben aufzuräumen, und was tut sie? Statt Alfred zu entsorgen, räumt sie seine Wohnung auf. Lach, Luisa! Zum Schluss stehen sechs volle Abfallsäcke vor der Wohnungstür im Treppenhaus. Die Toilette ist sauber, die Luft ist frisch. Luisa schließt die Läden, lässt die Fenster offen, blickt noch einmal ins kleine Zimmer, nein, die Tischschublade wird sie auch jetzt nicht öffnen.

Sie setzt den Tropenvogelhut auf, klingelt bei Vittorio im Erdgeschoss, gibt ihm Alfreds Schlüssel und die sechshundert Euro, die sie abgehoben hat. »*Spazzatura*«, sagt sie, das hat sie in Alfreds Wörterbuch nachgeschaut. »*Spazzatura via*«, sagt sie und zeigt nach oben ins Treppenhaus, wo sich die Müllsäcke stapeln, »*per favore.*« Das ist ihr gut gelungen, so spricht die Dame mit ihrem Angestellten, sie geht erhobenen Hauptes hinaus und sucht sich die erstbeste Bar, um ein Glas Wein hinunterzustürzen. Was für ein beschissener Tag, Luisa-braves-Mädchen.

Hat der liebe Alfred vielleicht nach den Kindern gefragt? Nein. Oder nach Luisas Wohlbefinden? Nein. Also dann, Luisa, nichts wie nach Hause. Herr Gallmann soll in seinen Lymphozyten schmoren.

Luisa erwischt den Zug um 18:25 Uhr nach Mailand, sie sinkt erschöpft in den Sitz, alles tut ihr weh. Nein, von der Putzerei kommt es nicht, es kommt davon, dass mal die Wut, mal die Enttäuschung, mal die Traurigkeit auf sie eingeprügelt haben, einen ganzen Tag lang. Um sich aufzumuntern, blättert sie in ihrem roten Heft.

Michelangelo war schon zu Lebzeiten ein Genie.

Sie fand einen Freund, der ihrem einsamen Leben ein Ende machte.

Sie sieht noch das Stationsschild von Tortona, danach muss sie eingeschlafen sein. In Mailand wird sie von einem Putzmann geweckt, ein Zug nach Zürich fährt nicht mehr, und wieder geht sie über die Piazza Duca d'Aosta und hofft auf ein Bett im Hotel Centrale. Hier hat vor vier Tagen ihre Reise einen anderen Verlauf genommen als gedacht, weil der alte Koffer ein Rad verlor. Da war ihr insgeheim wohl recht, dass Flack sich an ihre Fersen heftete und damit das Teufelscurry etwas hinausschob. In den paar seltsamen Tagen mit Flack hat sie ihren fatalen Großauftrag verdrängt und möglichst nicht an den gedacht, der bald eine Leiche sein sollte. Im Zimmer packt sie als Erstes die beiden gestohlenen Engel aus. Ihr wart mir keine Hilfe, ihr zwei, von wegen Flug ins Jenseits. Alfred ist überhaupt nicht tot, und mein Leben ist so unordentlich wie eh und je. Alles wie immer. Sogar das Hotelzimmer ist das gleiche, nur die Duschhaube ist rosa statt lila. Soll sie jetzt noch Mirjam anrufen? Nein, jetzt wird sie erst mal schlafen und sich in der Früh eine schöne Geschichte zurechtlegen, warum sie zu Alfred nach Genua gefahren ist.

Im Bett denkt sich Luisa allerlei aus, zum Beispiel dass

die kühlen Betttücher mit den heißen Füßen reden. Dass es seltene Großstadtzikaden sind, die in den Leitungen knistern. Dass sie sich ein Glas Sprudelwasser holt und die todsicheren Medikamente schluckt, die sie bislang vergeblich mit sich herumgetragen hat. Dass sie dann für immer in die geheime Welt der Großstadtzikaden eintaucht. Dass Flack dort rückwärts auf sie zuläuft und etwas ruft, das sie nicht versteht … und das ist dann wohl bereits ein Traum.

Am Morgen regnet es. Es regnet von Mailand bis Airolo. In Luisas Abteil sitzen zwei Frauen aus Nürnberg, sie reden so stetig wie der Regen. Der Eingangsbereich ist enorm wichtig, sagt die eine, der Eingangsbereich sagt dir sofort, in was für ein Haus du kommst. Ja, sagt die andere, und da hängst du jetzt den Spiegel auf, das wird bestimmt hübsch. Vielleicht habe ich zu viel bezahlt, sagt die Erste, die auf dem Flohmarkt in Pisa einen alten Spiegel gekauft hat, das Spiegelglas zu ersetzen wird auch was kosten, aber der Goldrahmen ist echt schön und gerade richtig für den Eingangsbereich, wo die Truhe steht, die ist frisch abgebeizt, das macht sich gut. Und die Auslegeware wird sie herausreißen, darunter ist Parkett, vielleicht etwas heikel für den Eingangsbereich, aber was soll's. Luisa würde gerne an ihr eigenes Leben denken, zum Beispiel an Maya, sie hätte ihr etwas Hübsches kaufen sollen in Genua, und für Mirjam hat sie auch nichts gekauft, nur etwas gestohlen. Luisa würde auch gerne gar nichts denken und nur den Tropfen auf der Fensterscheibe zusehen. Aber die Erste sagt, im Eingangsbereich sei rasch etwas falsch gemacht, gerade mit

Trockenblumensträußen müsse man enorm aufpassen. Die Zweite sagt, das Problem sind die Schuhe, genau gesagt Norberts Schuhe, du weißt ja, wie er ist, etwas ordentlich hinstellen, das kann er nicht. Die Erste hat kein Problem mit den Schuhen, seit sie diesen genialen Schuhschrank hat, es gibt einfach Anschaffungen, die sich lohnen, da kannst du sagen, was du willst. Luisa wird ein bisschen weinerlich zumute, sie möchte die Hände schützend um ihr verkrachtes Leben legen, um es zu bewahren vor den Spiegelmenschen dieser Welt und ihren unglaublichen Eingangsbereichen.

Nach Airolo wird es ruhig im Abteil. Noch zwei Stunden. Gegrüßet seist du Maria. Hänschen klein geht allein. Ich bin ein Berliner.

14

Felder rechts und links, Himmel weiß und blau

Alfred hat sich am Fuß was gebrochen«, sagt Luisa am Telefon. Zuerst hat sie gesagt: »Ich bin wieder da«, und Mirjam hat gesagt: »Schon?« Und dann erzählt Luisa eine neue Variante der Geschichte mit der netten Frau aus Menton, wie sie mit ihr von Wien in den Süden gefahren ist. »Es hat nichts als geregnet in Wien«, sagt sie. Ja, und da hat sie mal bei Alfred angerufen und herausgefunden, dass er im Spital ist. Hat sich das Großzehengelenk gebrochen. »Ich hab ihn kurz besucht«, sagt Luisa, »er lässt dich grüßen.« »Alf lässt nicht grüßen«, sagt Mirjam, »das glaub ich dir nicht.« Wahrscheinlich glaubt sie das Meiste nicht von dem, was Luisa ihr vorgeflunkert hat. »Gibt's was Neues?«, fragt Luisa und denkt, was sollte es schon Neues geben, die alte Suppe wird weiterdampfen, die hundertmal aufgekochte Suppe mit den zerhackten Hoffnungen. »Roman ist weg«, sagt Mirjam. »Ausgezogen.« Dann kommt eine Stille durchs Kabel in den Hörer gekrochen. »Richtig weg?«, fragt Luisa. »Weg«, sagt Mirjam. »Komm her und erzähl«, sagt Luisa, »ich koche uns Kartoffelbrei.« Mirjam lacht. Sie will keinen Brei, sie will Champagner. Veuve Clicquot für die Witwe.

Luisa weiß nicht, was sie in ihrer Freude tun soll. Ein Glas an die Decke werfen? Das Fenster aufreißen und ein paar Hände voll Reis hinausschleudern? Roman ist weg. Und das Beste ist: Roman ist nicht einfach gegangen, Mirjam hat ihn rausgeworfen. Was für ein Glück. Luisa packt die beiden Engel aus, stellt sie auf den Küchentisch, setzt sich hin, verschränkt die Arme, freut sich. Von den drei Männern, die Luisa hat entsorgen wollen, sind zwei weg, Roman und Hausammann. Einfach so. Geschenkt. Und am Dritten knabbern die Lymphozyten und besorgen den Rest.

Luisa geht durch die Wohnung. Jetzt noch weg mit den Dingen. Hätte sie eine Schuttmulde vor der Tür, würde sie gleich anfangen: Stützstrümpfe für Flugreisen. Mayas altes Schreibetui. Steine aus der Bretagne. Die dreischubladige Kommode mit Alfreds Zeichnungen. Die Winterjacke, die Daunenfedern verliert. Die Hexenbücher der Yaya. Alle Fotos (Mirjam kann sie haben). Alle Romane (bis auf zehn aussortierte). Die Joghurtmaschine. Die Grußkarten (aus Bittbriefen um Spenden). Mirjams Zauberkasten. Vogelfedern, diverse. Alfreds gesammelte *Twen*-Hefte. Die beige Handtasche. Die dunkelblaue Handtasche. Die Segeltuchtasche. Das Perlentäschchen. Die Öl- und Essig-Spender. Alfreds mexikanische Decke. Die Schachtel mit ausgeschnittenen Kochrezepten. Mayas wasserfeste Betttücher. Die Geranientopfhalter. Der geflickte Liegestuhl. Die alten Shampoos. Das Muffin-Blech. Tapetenreste. Silberfischköder. Orchideenerde. Das Kassettengerät. Die Ordner mit den Gerichtsakten, ja, die auch. Mayas Primarschulhefte. Der Familien-Bademantel. Fonduegabeln. Zwei kaputte Handys. Der Tupilak aus Rentierhorn. Alle alten Vorhänge. Vaters Fotoalbum aus Santo Domingo. Eyeliner. Das Ärmelbügelbrett. Duftkerzen. Die gesammelten *Du*-Hefte. Mayas Bettdecke mit den Hündchen. Der Ziervogelkäfig. Die Hauswirtschaftsbücher. Die Schulzeugnisse. Die Bananenkisten mit Gesellschaftsspielen. Mayas Plüschhund. Alfreds Rucksack. Die Gitarre mit Riss. Der Schuhkarton voll Landkarten, international. Der Schuhkarton voll Landkarten, Schweiz. Eine Dose voll alter Schlüssel. Der Fön für langes Haar. Abgestandene Gewürze. Pastellkreiden. Die Körperwaage, was soll's. Knie-Rheuma-Binde, rosa. Knie-Rheuma-Binde, beige. Kinderpflaster. Haarentfernungscreme. Goethes gesammelte Werke. Wielands gesammelte Werke. Der falsche Fuchskragen. Die Schachtel mit Seidenfoulards. Ausstechformen für Weihnachtsplätzchen. Silvans Skizze. Nein, Silvans Skizze nicht.

Es war nicht schwierig, Flacks Klinik herauszufinden, die Klapsfarm, aus der er abgehauen ist nach Luzern. Schon schwieriger ist es, dort anzurufen und nach dem Patienten Hans Haller zu fragen. Was soll sie sagen, wenn man wissen will, wer sie ist. Eine Freundin? Ist sie das? Und was soll sie sagen, wenn man wissen will, wo er steckt. In Turin? Steckt er da? Luisa legt zweimal wieder auf, bevor jemand abnimmt. Aber dann wagt sie den Anruf doch und erfährt, dass Herr Haller gerade in einer Therapiestunde ist. Sie soll ihre Nummer hinterlassen, damit er sie zurückrufen kann. So was. Ist er also wieder zu den Treibern in den weißen Schürzen gegangen.

Am Abend ruft er an. »Luisa?«, sagt Flack. »Bist du's? Ich bin's.« »Dann bist du wieder hier«, sagt Luisa. »Ja«, sagt Flack. »Ich auch«, sagt Luisa und denkt: Blöder geht's nicht. Sie muss ihm etwas Richtiges sagen, jetzt gleich. »Willst du morgen mit mir einen Ausflug machen?« Flack will.

Morgen ist Samstag, Samstag ist Mayatag, um zehn wird sie Flack holen und wird mit ihm zu Maya fahren. Luisa, warum machst du das?, fragt Luisa. Warum nicht, antwortet Luisa. Warum soll ich mir die Zutaten für mein Leben nicht mischen. Und die Yaya fällt ihr ein, die immer ein Brotstück in ihrem Suppenteller versenkt hat.

Es ist schönstes Juniwetter, Lindenblütenwetter, Luisa fährt über Land, hat die Fenster offen und das Autoradio an und hört eine Sendung über Hautausschläge. Mayas Heim und Flacks Klinik liegen nicht allzu weit auseinander, nur gerade vier verschiedene Hautausschläge, Schuppenflechte, Nesselsucht, Akne und Krätze, und schon sieht Luisa die barocken Türme der Klosterkirche auf dem Klinikareal. Sie sucht sich den Weg zum Empfang, dort wird Flack auf sie warten, so hat er es gesagt. Sie sieht ihn zuerst von hinten, dieselbe Lederjacke, dieselben weiß-blauen Stoffschuhe, Luisa geht auf ihn zu und weiß nicht, ob sie ihm die Hand entgegenstrecken soll. Sie hat ihm noch nie die Hand gegeben. Zum Glück hat Flack die Hände in den Taschen, als er sich umdreht und sie erblickt. Er sagt »Hallo«, und das ist wohl genau die richtige Begrüßung. Er sieht anders aus als in Genua, bleicher, auch jünger, hat die Haare geschnitten, vielleicht darum. Luisa nimmt an, dass sie für ihn so aussieht wie immer, wie eine ziemlich gewöhnliche Alte. »Hallo«, sagt sie, froh um den passenden Gruß. »Man will wissen, wohin wir fahren«, sagt Flack. »Zu Maya«, sagt Luisa, und Flack schaut sie misstrauisch an. Luisa füllt ein Formular aus und schreibt als Ausflugsziel: Maya Gallmann, Sonnmatt, Unterfluren. Wer das sei, Maya Gallmann, will Flack wissen, er habe keine Lust zu reden. »Maya redet nicht«, sagt Luisa. »Das ist schön«, sagt Flack erleichtert.

Dann fahren sie. Flack hat eine Schirmmütze auf. Bei einem Bahnübergang müssen sie lange warten. »Was riecht hier so krank?«, fragt Flack. Luisa lacht. Was krank riecht, ist wunderbarster Lindenblütenduft. »Was lachst du?«, fragt Flack. »Ich lache nur über deine Nase«, sagt sie. Vielleicht hätte sie nicht lachen sollen, Flack ist unberechenbar, vielleicht ist er beleidigt, sie sieht ihn prüfend von der Seite an. Er schaut eigentlich ganz zufrieden aus. Wie es sei in der Klinik, fragt sie. Was sie meine, fragt er. Alles, sagt sie, das Essen zum Beispiel. Ach so, das Essen. Zum Essen gebe es Medikamente, sehr lecker, farbenfroh, mit No-Vomiting-Garantie. Und das Zimmer, fragt sie. Das Zimmer schreibe man groß, mit zwei M, sagt er. Und der Schlaf, fragt sie. Der Schlaf finde nachts statt, sagt er. Luisa hört auf zu fragen. Sie ist von der Hauptstraße abgezweigt und nimmt die kleinen Straßen über die sanften grünen Hügel. In einem Waldstück fährt sie an den Rand und stellt den Motor ab. Die Buchenblätter sind noch jung und hell, der Wald scheint zu leuchten. »Hörst du das?«, fragt Flack. »Ziemlich sicher eine Drossel«, sagt Luisa und freut sich. Wenn sie sich einen Vogel hätte wünschen dürfen, wär's eine Drossel gewesen. Aber Flack meint nicht die Drossel. »Es dröhnt«, sagt er. »Wie ein Gerät an der Steckdose.« Er spinnt, denkt Luisa, vielleicht sollten wir umkehren. Sie steigt aus, um sich ein paarmal durchzustrecken. »Irgendwas Elektrisches!«, ruft Flack im Auto. Luisa beugt sich zum offenen Fenster. »Kommt das Flüsterweib eigentlich noch?«, fragt sie. »Nein«, sagt Flack, »wenn es die Medikamente riecht, kommt es nicht. Das ist wie beim Teufel und dem Weihwasser.« Luisa stutzt, jetzt hört sie es auch, das Dröhnen, tut ein paar Schritte und sieht, was es ist. Es sind Hornissen vor einem Baumloch, sie fliegen ein und aus und ein und aus. »Hornissen«, ruft sie. Flack schließt das Fenster. Und jetzt ist die Drossel wieder da.

Sie sind zu früh in Unterfluren, bis halb zwölf hat Maya Aufmerksamkeitsschulung und sollte nicht durch Besuche abgelenkt werden. Luisa war einmal dabei und hatte das Gefühl, sie störe. Es ging um das »Erlebnis Kartoffel«. Maya und die anderen bekamen eine ungeschälte Kartoffel in die Hand und sollten sie drücken und daran riechen, und danach sollten sie mit einer geschälten Kartoffel dasselbe machen. Aber Mayas ungeschälte Kartoffel hatte einen Knubbel, den Maya gerne wegkratzen wollte, und darum weigerte sie sich, die ungeschälte Kartoffel abzugeben. Luisa versuchte, Maya die Kartoffel zu entwinden, da warf Maya die Kartoffel weg und traf den Tisch, auf dem der Kochtopf mit heißem Wasser stand. »Macht nichts«, sagte der Betreuer zu Maya, und Luisa fühlte sich schuldig. Auch während die Kartoffeln weich kochten und der Betreuer Gitarre spielte und sang, kam sie sich dumm vor, weil sie die Lieder nicht kannte und darum den Betreuer alleine singen ließ. »Kartöffelchen, Kar-töffelchen, isst man nicht mit dem Löffelchen«, sang der Betreuer, und Luisa dachte trotzig: Stimmt nicht. Bald wird mit dem Löffel pürierte Kartoffel in Münder geschoben. Die gekochten Kartoffeln zum Abkühlen aufs Fenstersims stellen, war alles, was Luisa zum »Erlebnis Kartoffel« beitrug.

»Maya Gallmann ist mein Kind«, sagt Luisa, als sie auf der Gartenmauer der Sonnmatt warten und die Schokolade aus dem Dorfladen essen. »Ich hab noch eins, Mirjam.« Flack hört höflich zu. »Maya ist die Ältere, sie ist vierzig Jahre alt.« »Fast so alt wie ich«, sagt Flack. »Wir können sie besuchen und mit ihr spazieren gehen.« »Okay«, sagt Flack, »wenn du meinst.« »Sie ist behindert.« »Aha«, sagt Flack. »Würdest du lieber ins Vogelreservat fahren?«, fragt Luisa. Flack sagt nichts. Er holt eine kleine Wasserflasche aus der Jackentasche und schluckt eine gelbe und eine braune Tablette. »Ich möchte, dass du Maya kennenlernst«, sagt Luisa. »Ich weiß nicht, warum.« Und dann erzählt sie Flack Mayas Geschichte und den letzten Witz, über den Maya gelacht hat.

»Noch etwas«, sagt Luisa, bevor sie das Gebäude betreten, »du solltest hier vielleicht besser keine eigenartigen Sachen machen.« »Die da wären?«, fragt Flack. »Rückwärtslaufen, rückwärts klauen und so«, sagt Luisa. »Die denken sonst, du willst dich lustig machen über die Nichtnormalen hier drin.« »Ich bin selber ein Nichtnormaler«, sagt Flack, »hast du das vergessen? Ich wohne in der Klapsfarm.« »Bild dir bloß nichts drauf ein«, sagt Luisa, »wetten, dass du in sechs Wochen wieder draußen bist? Wieder ein hundsgewöhnlicher Normaler bist? Ein kommuner Vollspießer?« Flack lacht. »Stimmt ziemlich genau«, sagt er. In fünf Wochen fange er wieder an zu arbeiten.

Flack nimmt Mayas Hand, Maya schaut Flack ins Gesicht. »Jam«, sagt sie. Flack nimmt auch ihre andere Hand, die lahme. »Jam«, sagt sie wieder. Sie hat das »Jam« aus ihrem geheimen Schrank geholt, schon lange hat sie es nicht mehr gesagt. Jam ist ein universales Wort, alles ist drin, was gut ist: Ja und Mirjam und Mag-dieses-Essen und jetzt auch noch Mag-diese-Hand. Luisa freut sich. Es war richtig, Flack hierherzubringen. Zwar schaut sie am Mittagstisch immer mal wieder besorgt zu ihm rüber, fragt sich, ob er sich graust vor den Mündern voll Brei und den Lippen voll Halbzerkautem. Aber Flack wirkt, als hätte er schon immer an diesem Tisch gesessen und die plötzlichen Kräh- oder Schnaubgeräusche der Essenden schon immer gehört. Als sich Luisa mit Maya zurückzieht, um sie frisch zu machen, setzt sich Flack zu Manolo ins Wohnzimmer und schaut mit ihm an die Wand.

Flack schiebt den Rollstuhl, Manolo hängt sich bei Luisa ein. Maya hat einen sommerlichen Strohhut auf und sieht hübscher aus als sonst. Unter dem Birnbaum befreit Luisa Mayas Füße von Schienen, Schuhen und Socken, Flack sagt »Achtung« und kitzelt die nackten Sohlen, und Maya lacht, grunzegluck, grunzegluck, und will mehr. Manolo lacht mit und sagt wie immer »Bus fahren«. Was er meine mit Bus fahren, will Flack wissen. Das sei sein größter Wunsch, erklärt Luisa. »Warum fahren wir dann nicht Bus?«, sagt Flack.

Der nächste Bus fährt erst in einer halben Stunde, nach Oberfluren. Während Luisa mit Maya an der Haltestelle wartet, verschwindet Flack mit Manolo im Dorfladen. Mit sechs verschiedenen Chipstüten kommen sie wieder. »Manolo hat darauf bestanden«, sagt Flack. »Schön gewesen«, sagt Manolo. »Bus fahren.« »Zuerst wird gegessen«, sagt Flack. Chips essen geht gut für Maya, mit einer Hand, ohne Anstrengung. Luisa denkt an Bärtschis Alpli, wie sie von da hinunter in den Dorfladen marschiert sind. Wann war das? Vor einunddreißig Jahren. Maya und Mirjam rannten voraus, und wenn Luisa in den Laden trat, hatten sie schon einen Einkaufskorb gefüllt, lauter süße Sachen. Luisa räumte die Hälfte wieder aus und legte dazu, was vernünftig war, Reis, Gemüse, Tomatenpüree. Ob die Mädchen motzten? Sie weiß es nicht mehr. Ob sie sich stritten? Sie weiß es nicht mehr. Und trug sie alles allein den Berg hoch, oder hatten auch die Mädchen Rucksäcke? Sie weiß es nicht mehr. Sie weiß noch, dass der Verkäuferin an der linken Hand ein Finger fehlte, der Ringfinger. »Das ist blöd, wenn sie heiratet«, sagte Maya, und Mirjam meinte, die heirate nicht, die sei zu hässlich. Mein Gedächtnis taugt nichts, denkt Luisa. Was ich wissen möchte, kommt nicht zum

Vorschein, dafür tauchen lauter unnütze Schnipsel hoch und schwimmen obenauf. Die Verkäuferin hat Zgraggen geheißen. Was soll mir diese Erkenntnis bringen. »Du denkst wie wild«, sagt Flack, »mach mal Pause.«

Nun sieht man den Bus heranfahren, Manolo erstarrt. Flack kauft beim Fahrer die Tickets. »Nach Oberfluren, einmal normal, dreimal nicht«, sagt er. »Was soll das heißen?«, fragt der Fahrer. »Das heißt, es lebe die Vielfalt«, sagt Flack. »Macht genau zwölf Franken«, sagt der Fahrer, und dann steigt er aus, um mit dem Rollstuhl zu helfen. Manolo klammert sich in seiner Aufregung an die Stange der Fahrplantafel, Luisa löst seine Hände und zieht ihn die beiden Stufen hoch in den Bus. »Schön gewesen«, sagt Flack. »Bus fahren«, sagt Luisa. Mayas Füße sind immer noch nackt, Luisa nimmt sich vor, im Heim zu fragen, wer Mayas Zehennägel schneidet, um sich zu bedanken. Der Bus fährt gemächlich, Felder links und Felder rechts, Himmel blau und Himmel weiß. Ein richtiger Ausflug, denkt Luisa, wer hätte das gedacht. »Für dich«, sagt Flack, zieht aus der Dorfladentüte eine Zeitung und zeigt auf eine Überschrift: *Laster kippt, Frau rettet sich mit Seitensprung.* »Sehr schön«, sagt Luisa, »das kommt in die Sammlung.«

Das letzte Sammelstück stammt aus der Todesanzeige von Hausammann, die Mirjam für sie beiseitegelegt hat: *In großer Dankbarkeit teilen wir Ihnen den Tod unseres Gatten und Vaters mit …* Luisa hat sich ein bisschen gewundert, dass Mirjam dazu nichts gesagt hat, Mirjam ist doch Texterin und jongliert tagtäglich Sätze hin und her. Was soll's, Hauptsache, Mirjam strahlt wieder, lacht wieder, alles an ihr glänzt, die Augen, die Lippen, das kastanienbraun getönte Haar, wie schnell so eine Verwandlung geht. »Rutsch mir den Buckel runter«, hat sie zu Roman gesagt, und kaum ist er gerutscht, steht sie aufrechter und läuft beschwingter. So plötzlichen Zauber gibt es sonst nur im Film.

Plötzlich streicht Maya wie wild mit dem Handrücken übers Gesicht, verdreht die Augen. »Was ist«, sagt Luisa erschrocken, »ist dir schlecht?« Von Mayas Augen ist fast nur noch das Weiße zu sehen. »Sag doch!«, sagt Luisa und könnte sich ohrfeigen, wo Maya doch nichts sagen kann, sondern nur die Lippen stülpt und die Zunge verschiebt. »Ich weiß nicht, was das für ein Anfall ist«, sagt Luisa, schleudert Mayas Strohhut weg und versucht, ihre Hand zu packen. »Lass«, sagt Flack, beugt sich vor, nimmt Mayas Gesicht zwischen die Hände und schaut. Dann zieht er ihr vorsichtig ein Haar aus dem Mund. »Jetzt geht's wieder«, sagt Flack und lacht, und Maya lacht mit diesem freundlichen Grunzen, bei dem Luisa manchmal einen Tränendruck spürt, aber heute nicht. Mayas Augen sind wieder ruhig, sind auf Flack gerichtet, zwei wasserhelle Spiegelungen.

In Oberfluren gibt es ein Gartenrestaurant, den Bären, aber es ist geschlossen. Dort setzen sie sich unter die Bäume und warten auf den Bus für die Rückfahrt. Flack spielt Kellner und fragt: »Sie wünschen.« Luisa merkt, dass Maya Durst hat, und Manolo wohl auch, die Chipstüten sind leer gegessen. Flack geht auf Wassersuche, um seine Flasche aufzufüllen, Maya dreht den Kopf und schaut ihm nach. Die Bäume sind Kastanien, ihre weißen Kerzen sind am Verblühen, einzelne Blüten fallen auf die Tische, sonst bewegt sich kaum etwas im Bärengarten, bis Flack wieder auftaucht, die Flasche macht die Runde. Flack stützt Mayas Arm, als sie trinkt, Luisa ist nach Manolo dran, sie zeigt ihr Zögern nicht, aber sie wäre lieber nach Maya dran gewesen. Zum nächsten Auffüllen nimmt Flack Manolo mit, sie verschwinden hinter dem Haus, Luisa sagt zu Maya: »Ich liebe dich immer.« Maya dreht ihr den Kopf zu. Luisa umarmt sie, eine Umarmung light, heftiger mag Maya es nicht.

Möglich, dass man Luisa im Heim zurechtweisen wird. Erstens haben sie das Areal verlassen, ohne sich abzumelden, zweitens werden sie zu spät sein. Luisa ist es egal. Der Ausflug war eine Schelte wert. Manolos T-Shirt ist vorne ganz nass. Er habe direkt ab Hahn trinken wollen, sagt Flack entschuldigend. Manolo zerrt und zupft am Shirt, es stört. Flack holt ein Zweifrankenstück aus der Hosentasche und knallt es auf den Blechtisch. »Mehr geb ich nicht«, sagt er, »die Bedienung war lausig.« Langsam machen sie sich auf zur Bushaltestelle.

Felder links, Felder rechts, der Himmel jetzt grau. »Das ist also meine Maya«, sagt Luisa. Es klingt wie eine Frage. Nach einer Pause erwidert Flack: »Was sie nicht sagt, ist sehr schön.«

Angelika Waldis

Angelika Waldis, 1940 in Luzern geboren, hat einige Semester Anglistik und Germanistik an der Universität Zürich studiert. Der Titel ihrer ersten und letzten Seminararbeit: »Poetic diction in the eighteenth century«. Weil sie lieber über das Hier und Jetzt schreiben wollte, schlug sie eine journalistische Laufbahn ein. Zusammen mit ihrem Ehemann Otmar Bucher gründete sie die mehrfach ausgezeichnete Jugendzeitschrift *Spick*. Waldis schrieb für die Jugend und, wenn sie noch Zeit hatte, für die Schublade. Mit sechzig hörte sie mit der Zeitschrift auf – und schrieb endlich ihr erstes Buch. Ihre Romane und Kurzgeschichten für Erwachsene wurden mehrfach ausgezeichnet; *Ich komme mit* war 2019 das Lieblingsbuch des Deutschschweizer Buchhandels und erhielt im selben Jahr den ZKB Schillerpreis. Angelika Waldis hat einen Sohn, eine Tochter und drei Enkelkinder. Sie lebt in der Nähe von Zürich.